遠州姫街道殺人事件

木谷恭介

祥伝社文庫

目次

本書関連地図

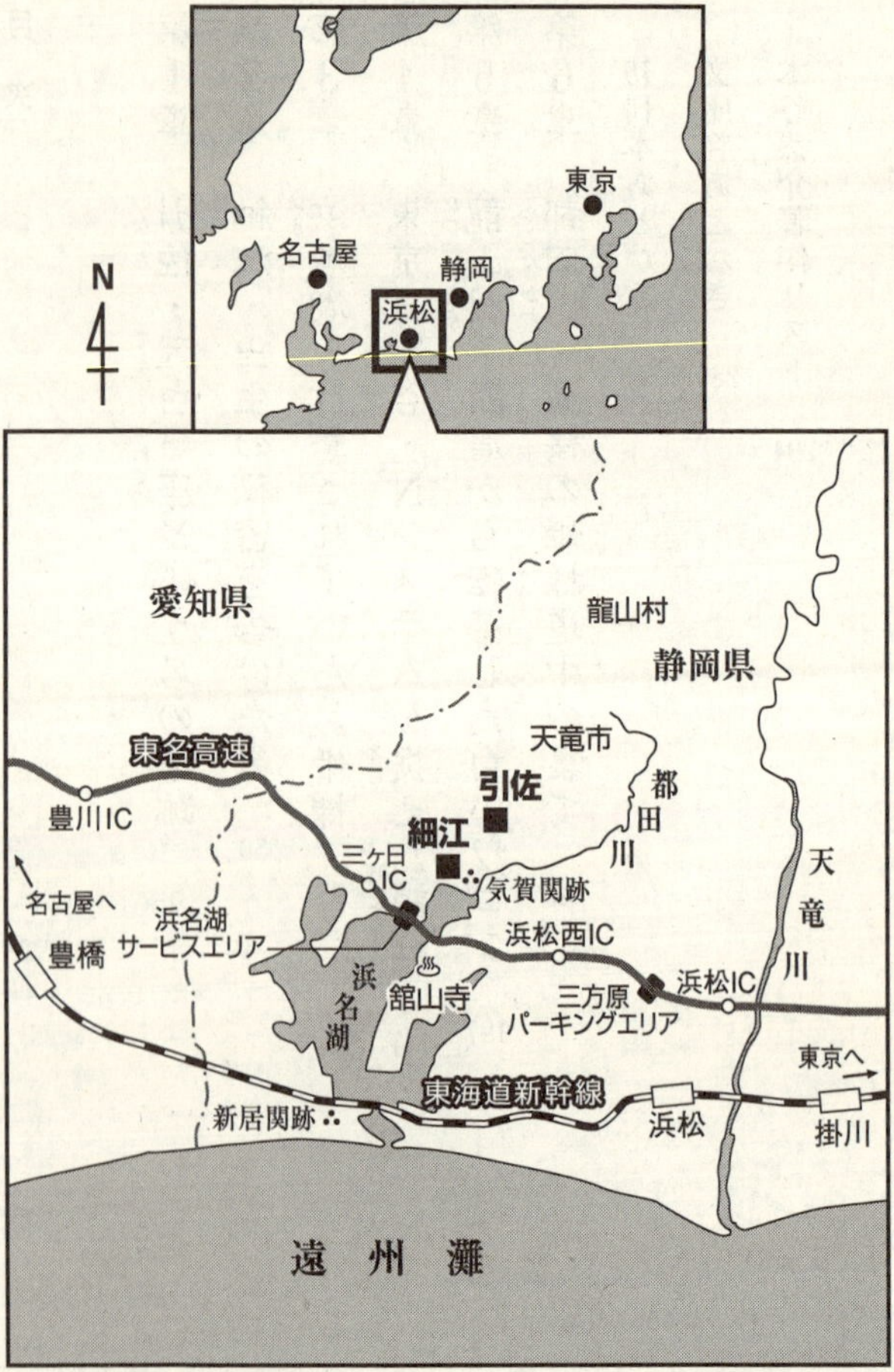

東京
名古屋
静岡
浜松
N
愛知県
龍山村
静岡県
天竜市
東名高速
豊川IC
引佐
都田川
細江
三ヶ日IC
名古屋へ
気賀関跡
浜名湖サービスエリア
浜松西IC
豊橋
浜名湖
舘山寺
三方原パーキングエリア
浜松IC
天竜川
東京へ
新居関跡
東海道新幹線
浜松
掛川
遠州灘

第1章　引佐《いなさ》・天白磐座《てんぱくいわくら》という名の遺跡

1

〈ケイゴ　お話、したいかも〉

沢上静香《さわがみしずか》は、目のまえの画面に映《うつ》し出された文字に思わず微笑《ほほえ》んだ。

そろそろ、ありきたりの会話にも飽きて、パソコンを閉じ、現実にもどろうとしていた矢先であった。

静香はこのところ、いわゆる、『チャット』に、はまっている。

チャットとはおしゃべり。

夜の真夜中、キーボードを叩き、無機質な音を響かせながら、画面に向かってみしらぬヒトと会話をする。

そうしている時だけは、現実を忘れられたし、何よりも画面のなかの静香は何者にでも変身できるのが心地《ここち》よかった。

今夜の静香はミク。

可愛い感じの名前にしたかった。

今年小学三年生になる一人息子の友達の名前を、ちゃっかり拝借し、三十八歳の静香は、三十三歳のミクになりすましていた。

どうせなら、思い切って若返ればいいものを、半端《はんぱ》な嘘しかつけないところが、静香の小心さのあらわれなのかもしれない。

自分でも、せこいなぁと思うのだが、景気よく嘘をつけないのが、静香の性格であった。

そのミクあてにケイゴというハンドルネームの人物から、プライベートにメッセージが届いた。

それが〈ケイゴ　お話、したいかも〉であった。

もう、寝ようと思っていたのが、もう少しだけおしゃべりしてもいいな、という気分になって、静香は、くすっと、声を出して笑いながら、キーボードをたたいた。

〈ミク　可愛いかも？〉

相手は自分よりずっと年下だろうと、察しをつけた。

静香はいつも、できるだけお姉さんっぽく振舞うのを避けていたが、気がつくと、その時だけは、いかにもお姉さんっぽく、答えていた。

ケイゴと名乗る相手からは、リズミカルに受け答えがくる。

〈嬉しいかも！〉

静香も間髪《かんはつ》をいれずにレスポンスをする。

〈おもしろいかも！〉

〈何処《どこ》から？　俺、東京！〉

ケイゴはいかにも手馴《てな》れた絶妙なタイミングで、本題にはいってきた。

いつもなら、年齢や、住所を聞かれただけで、またかと身構えるのに、思わず気を許していた。

静岡県に住む静香は、年齢と同じように、微妙な偽りをまぜていつもは愛知と答えていた。

ケイゴにはなぜか、事実を告げてもいいかも、という気がおきた。

静香は少しだけ勇気を込めて打ち込んだ。

〈静岡！〉

〈まじ？　俺、袋井《ふくろい》に住んでた事、あるんだよね〉

画面の中で、ケイゴの科白《せりふ》が生きいきと飛び跳ねた。

大学生かな？

と、静香は思った。

言葉のいい回しがいかにも現代の若い人という感じがする。

何を隠そう、偶然にも静香はケイゴのいう袋井の隣の掛川《かけがわ》出身だった。

インターネットの世界では、稀《まれ》に偶然の偶然ということもあって、この程度の偶然は珍しい部類にははいらないだろう。

だが、静香は当然のように親近感を覚えた。

彼の言葉を真似《まね》て再びレスする。静香は、まるで少女のように悪戯心《いたずらごころ》でいっぱいになった。

〈まじ？〉

〈まじ、まじ。リトルで野球やっててさぁ、エコパできたじゃん、あのちかく……〉

〈そうなの？〉

〈ちかく？〉

〈ちかい、近い。今はちがうけど、掛川出身だったりして〉

〈うそぉ！　まじ？〉

〈まじ、まじ〉

エコパというのは、この六月にワールドカップがおこなわれるサッカー場だ。正式の名前があるのだろうが、地元の静岡ではエコパのほうが通じやすい。

袋井や掛川などの市町村が合併する話がすすんでいて、合併後の市名を『エコパ市』にしようなど、本気で論議されたほどであった。

そのエコパのせいだろうか、遠くの旅先で知り合いに出会ったような、不思議な空気が画面に流れた。

チャットなのだから、何にでもなれるし、何でもいえる。

事実、男のくせに、女の子を安心させるため、女の子になりすます、ネカマもいれば、女の子と思われるのが嫌で男の名前で、男言葉で話す女の子もいる。

『軍人さんいらっしゃい』という異質な部屋にはいりたくて、おじさんになってしまった女の子も静香は知っている。

ケイゴは嘘をついていない。

直感で静香はそう思った。

そして、ケイゴには、静香も嘘をつかなかった。

チャットには大きく分けて、二つのパターンがある。

ひとつの『部屋』と呼ばれるチャットルームに二十五人くらいではいり、ワイワイと雑談をするパターンと、そのなかの一人とまったり会話を楽しむケースだ。

一対一で話したい時は、その相手あてにプライベートでメッセージを送ることができる。

相手がそのメッセージを受けて応答してくると、一対一の会話がはじまるのだ。

大勢の会話にはいることをメイン、それをみているだけで、会話に参加しないことをロムという。

ロムしている人のなかには、こうやって、プライベートの会話を楽しんでいる人も少なくない。

チャットルームは、ほとんどがテーマ別に部屋の名前がついている。

部屋は、映画とか、海外旅行とか趣味別に分けたものや、地域別に分けたもの、年代別に分けたものなど、あらゆるジャンルがある。

静香にとって、メインの会話はみんなにのぞかれているようで落ち着かない。

チャットの参加者が少人数で、ロムしているとかえって目立ってしまう場合は別だが、静香はプライベートなチャットを楽しむ派だった。

静香は、いちいち年齢を聞かれるのがいやだから、三十代の部屋にはいることが多かった。

間違って、ビギナールームなどにはいると、勝手に学生と思って話しかけられたりしてしまう。

もうすぐ四十になるという年齢を気にしている静香にとって、三十代の部屋にいるのは、ある種安心感を覚えさせてくれるからだ。

その日のメインは華《はな》やいでいた。

かといって特別、意味のある会話が交《か》わされているわけではない。

とても三十代とは思えない、およそ稚拙《ちせつ》な言葉が並べられ、絵文字と言われる、記号を組み合わせて人の表情や、キャラクターを表すそれらが、これでもかといわんばかりに、画面で躍《おど》っていた。

静香は、例によって、そんなメインにはついていけずにいた。

たまに来るプライベートなメッセージを、彼女なりに吟味《ぎんみ》しては、それなりに相手を選んで話のレスポンスをしていたのだが、そのメッセージにしても、「何処から？」とか、「何歳ですか？」といったありきたりのものなのだ。

その芸のなさや、「こんばんは」というあいさつを、「こん」と略して使うチャット用語にはいささか辟易《へきえき》していた。

その三つのキーワードからなる、メッセージは全て無視するのが静香の常であった。

2

チャットの世界のエチケット（ネチケット）は、人それぞれだろうが、自分が他人になっているときに出会ったヒトとは、それなりのつき合いしかできない。

逆に、それだけのつき合いしか望まなければそれでいいはずであった。

ケイゴとは真実の会話が続いたので、その日の静香はとても充実感を感じていた。

ケイゴは二十三歳の大学生だった。

年の差を気にもしないように、普通の会話がつづいた。

ものおじしない、いかにも現代っ子のケイゴの会話は、楽しく飽きないものだった。

サインアウトして、パソコンを閉じる時の状態をチャットの世界では落ちるという。

それでも、そろそろ落ちようかなと、静香がいった時、ケイゴがいった。

〈電話ちょうだい〉

〈うん？〉

〈はやく、番号いうからさ、かけて！〉

〈何、いってるの？〉

〈俺の携帯さぁ、着信履歴、少なすぎてさぁ、すんげぇ、腹すかしてんだよね。そろそろ、着信ないと、やばいんだよね。だからさ、電話、はやくして！〉

ケイゴはそうメッセージを送ってくると、いきなり画面に、
〇九〇の……。

電話番号が映し出された。

静香は意表を衝《つ》かれて声を飲んだ。

チャットと電話では、おなじ〝おしゃべり〟でも天と地ほど違う。チャットは姿をみせないが、電話は全身を露出するようなものであった。

そんな静香の迷いを見透《みす》かすように、ケイゴの科白が心地よく、たたみかけるように画面を埋め、静香の心に響いてくる。

静香はレスポンスを送った。

〈電話は苦手《にがて》なんだよね〉

〈どうして？〉

〈無口だし、人見知りするし、口下手《くちべた》だし〉

〈いいよ、俺ひとりでしゃべるから……。じゃあさ、五分でいいから、ね？　待ってるからね。はやくかけてよね。腹減ってんだってば、やばいんだって〉

静香は、苦笑し、自分の携帯をとりあげた。

まっ、いっか……。

思い切って、ケイゴの告げた番号を押した。

「はーい。ミクの負け！」

電話の向こうでは、思ったよりも大人《おとな》びた声が、楽しそうに笑っていた。

なんだか、分からないが、負けといわれると少し悔《くや》しい気分になってくる。

だけど、確かに負けなのかもしれないと、静香は苦笑した。

「なにが、負けよ」

「ミクだって、こんな若い男と話したかったんでしょう？」

ケイゴは、憎らしいことばかりいう。

それがかえって、ミクの気を引くことを十分計算しているようであった。

「切るよ」

「待ってよ、待って。まだ話してないじゃん」

初めての電話だということを忘れさせるほど、親しみのこもったしゃべり方だった。

ケイゴという人間がもともと持っている性格なのか、遊びなれた都会の大学生はこうなのか、静香にはわからないが、決して不快ではなかった。

年齢の差が十五歳もある男の子が、おばさんを相手にしているという感じは、刺《とげ》のある科白とは裏腹に不思議と少しも感じられなかった。

「まじで掛川出身？」

「そうよ」

「懐《なつ》かしいなぁ。俺さぁ小学校のころいたんだよ」

「ふうん」

二十三歳の若者が懐かしがるのを静香は、ほほえましく思った。

うらやましくも、可愛らしくも感じた。

「今は、遠いの？」

と、ケイゴ。

「引佐《いなさ》ってわかる？」

「うん、詳しくはわかんないけどね。何しろ小学生だったからね……。イナサにいるの？」

「うん。浜松市の北側よ。漢字だと引くに佐藤さんの佐と書くんだけど、イナサって読めないよね」

「声、可愛いよね、いわれるでしょ？」

突然のケイゴの言葉に、静香は照れて言葉につまってしまう。と、思うと、

「あっ、本気にした？」

天から地につき落とされる。

かろうじて、静香は、言葉をみつけた。

「切るよ、さよなら」

「うっ、待ってよ、待って。ごめんなさい」

テンポのいい会話が、ケイゴのおかげで、次から次に、とまらない。

ケイゴの科白を借りていえば、すごい偶然でお友達になったのだそうだ。

たしかに二十三歳のお友達も悪くないかも……。静香はそんな気になっていた。

電話でお互い、本名を告げた。

ケイゴの本名は小田切諒輔《おだぎりりょうすけ》であった。

携帯のメールアドレスを交換した。

すべてが、遊びなれた諒輔のペースで進められた。

それが、ケイゴこと諒輔と、ミクこと静香の出会いであった。

どこにでもあるチャットの出会いの、たったひとつにすぎないはずであった。

3

次の日の朝、静香は一人息子の翔太《しょうた》を小学校に送り出すために六時に目覚めた。翔太を何とか起こし、支度《したく》をさせて、朝食をとらせる。

水商売というほどでもないが、小さい居酒屋のような小料理屋をしている静香は、そのことで子どもに嫌な思いはさせたくないと、人一倍、規則正しい生活をするよう努めていた。

翔太の父親とは翔太が三歳のときに別れた。

翔太が小学校にあがる頃、在宅でできる仕事がしたいと、職探しを真剣にしたが、小さい子連れで、いい条件でやとってくれるところなどみつけることはできなかった。

静香は、友人のすすめもあり、思い切って、小さな〝おむすび屋〟をはじめた。

引佐町は人口一万五千人。市街地というほどでもないが、浜松にちかい井伊谷《いいのや》という地区に人家がかたまっている。その一画であった。

おむすび定食からはじめた店も、少しずつメニューがふえた。

友人の酒屋さんのつき合いで、日本酒をぼちぼち置くようにした。

昼間はなるべく、小さい翔太相手をと考えたら、いつとなく夜型に移行して行った。

気づいたら小さな居酒屋ができあがっていた。

友達の口コミでひろめた店に、今では馴染《なじ》みのお客もそこそこつき、幸いいいお客さんに恵まれて、暮らしは安定した。

それでも、いいしれぬ淋しさが襲う。

このまま、四十歳になってしまうという焦《あせ》り。

翔太が寝てしまったあとの、気の抜けたような寂しさ。

客がワイワイと来てくれたり、客でもある友人たちと貸切で飲み会をしたり、楽しいことは山ほどあったが、深い闇が訪れて、宴《うたげ》が終わると、みんな帰ってしまうのだ。

暖かい家族の待つ我が家に帰っていく。

そして、静香は、酒の匂いと、散らばった食べ残しの山にたった一人埋もれてしまうのだ。

毎日が祭りのあと……。

ツワモノドモが夢のあとだ……。

と、静香は、ため息をつく。

楽しければ楽しいほど、ひとり残される寂しさには耐えられない重さがある。翔太が小学校に行っているあいだ、僅《わず》かにできた自由な時間に、皆が帰った祭りのあとに、静香は友人にすすめられるままパソコンを始めた。

もともと、新しいこと大好き人間である。

誰に教わることもなく、チャットルームに出入りするようになった。

そのおかげで静香は、キーボードをあっという間に覚えたし、タイピングも驚くほど速くなった。

好奇心にかられて、いろんな『部屋』にはいってみた。

チャットルームのなかで静香は、生きいきと息を吹き返し、ひとりの淋しい時間を埋めていった。

昨日の自分が何処の誰で、誰とどんな会話をしたかさえ覚えていないことも少なくない。

なかには、妙に気が合い、何度も何度も時間を合わせ、同じ時間に待ち合わせ、まるで、普通の友達や、ある時は恋人のように親しくなるヒトも何人かあらわれた。

友人には話せないことも、チャット友達だと話せるせいもあった。

チャット仲間は不思議な存在であった。

友達ではあるが、どこか架空。

具体的には存在しない。

けれど外見でなく、中身をさらけだす。

自分の心を言葉にするチャットは、性格がそのまま出てしまうのだ。

波長の合うヒトは、すこし話せばすぐわかる。

嚙み合わないヒトとはどこまでいっても、嚙み合わない。

外見がみえない分、嘘つきな外見の固定観念に騙《だま》されることがない。

文字だけの世界だから、誰にでも変身できるが、内面を装《よそお》うのは外見を装うより、数段むずかしい。

決して本当のことをいってはいけないという部屋が一時期流行した。

静香のチャット仲間の一人が結構気にいって、静香も連れられて、一緒にはいってみたことがあったが、とても自分向きではないと思った。

事実のなかに多少都合のいい嘘を、スパイスのように盛り込むのだと、楽でもあるし楽しくもある。

だが、事実を一つもいってはいけないとなるといささか話が違ってくる。

会話のひとつひとつに、万全の注意が必要で、気が抜けなくて、楽しいどころではなかった。

たかが、遊びなのだから、そこまで神経質になることはないのだが、それをしてこそ、チャットのルールであり、醍醐《だいご》味なのだろう。

そんななかでできた、不思議な友達たちは、静香にとって、支えでもあり、秘密を共有する、かけがえのない仲間だった。

住んでいるところも、職業もバラバラ。通常の生活では接点も持ちえなかったと思える人たちと、毎晩バカな話で盛りあがる。

だが、こんな世界にはまっていってしまうのは、淋しさの成せる業《わざ》にほかならない。

そんな魂が寄り集まって、何万、何千万、何億のコンピューターで、世界中を走り回っているのだ。

インターネットでよく使われるWWW、ワールド・ワイド・ウェブの意味は、ネット上にくもの巣の様に張り巡らされた情報のリンクという意味だそうだが、静香のように、まるで依存症と思えるひとたちは、美しい、くもの糸に魅せられて、身動きできなくなっている、小さな、小さな、か弱い生き物なのかもしれない。

諒輔はどうなんだろう。

静香のように淋しさをまぎらすため、チャットにのめり込む必要なんかなさそうだし……。

そう思わないでもなかったが、メールの遣《や》り取りのあと、チャットか電話がはじまると、そんな疑問はどこかへ吹き飛んだ。

毎日のように〝朝まで生電話〟の状態がつづき、当然の帰結のようにふたりが会う日がやってきた。

「桜、きれいなんだろう。行ってみたいな」

諒輔がそういいだしたのが、桜前線が活発になり始めた三月のなかごろで、

「明日、車で行く。午後一時ジャストに東名《とうめい》高速の浜松西インターを降りるから、出口で待っててよ」

そう告げてきたのは、三月末の土曜日であった。

チャットで知り合ってから一カ月半がすぎていた。

「インターの出口で待つって、わたしの車、どこへ止めるのよ？」

「車で来ちゃダメだよ。インターから静香の家まで、ドライブするんだから……」

「じゃあ、わたし、インターまで歩くの？」

静香は鼻を鳴らし、そのあとでタクシーを利用すればいいと思った。

田舎《いなか》の町に住み、車が下駄《げた》代わりの暮らしに馴《な》れているから、タクシーを使うことを忘

れていた。

　静香の家から浜松西インターまでは十キロほどある。タクシー代が痛いなと思ったが、諒輔は東京からきてくれるのだ。

　家への道順を電話で説明することができなくはないが、静香も迎えに行きたかった。駅や空港とちがって、インターの出口というのは、出迎えには不向きだが、その分、新鮮な感じがしなくもない。

　それとは逆に、若い諒輔を家に迎えることに軽い抵抗感が湧いてきた。なんといっても引佐は田舎なのだ。

　静香の家に諒輔がきたことは、その日のうちに町中に知れわたるだろう。町のひとたちは暗黙のうちに静香の節度を問題にするだろうし、居酒屋にきてくれる男性の客のなかには不愉快に思うひともいるはずであった。

　女であることを売り物にしているわけではないし、客も期待してはいないが、子供をかかえた女性が頑張っている、それをサポートしていると、無意識のうちに思ってくれていることは否定できない。

　その静香が諒輔を迎えるのは、ひろい意味での裏切りといえなくはなかった。

　そして、何よりも、諒輔を受け入れてしまうと、気持ちの歯止めがきかなくなるのではないか。静香自身が不安だったが、そうした思案をどれだけ働かせても、諒輔に会いたい気持ちをおさえることはできなかった。

4

翌日、静香は朝からなんにも手がつかなかった。

東京から浜松西インターまでは二百四十キロ、三時間ほどの行程だから、諒輔が出発したはずの九時半になると、胸がしめつけられるように痛んだ。

我が子を遠くまで車で旅行させるような心細さを覚えたのだ。

翔太がおおきくなって、東京までひとりで車を運転して行くといいだしたら、どんなに心配するだろうか。

だが、諒輔はあっけらかんと、

「都内が混んでてさ、いまやっと高速に乗った。これから飛ばして、約束の時間には着くからね」

と、電話してきた。

十時だった。

約束の午後一時まで、あと三時間。

高速道路を時速八十キロで走るのだから、飛ばすというほどでもないが、

「すこしぐらい遅くなってもいいよ。安全運転をしてね！」

静香は思わず叫んでいた。

十二時に、

「いま、静岡市を通過した」

諒輔から電話があった。静香はもう家でじっとしていることができなくなった。

それでも、あと二十分、辛抱《しんぼう》するしかなかった。

十二時二十分にきてくれと、タクシーを予約してあったからだ。

引佐は史蹟の多い町で、日曜日はタクシーが出払うからだ。それに今年は桜の開花がはやく、満開がちょうど今日であった。

迎えのタクシーがきたとき、

「いま、牧之原《まきのはら》を通過した。茶畑っていいね」

と、電話があり、浜松西インターの出入口でタクシーを降りたとき、

「袋井を通過したよ。あと十分で着く」

諒輔ははずんだ声で告げた。

「わたし、インターの出口にいる。インターをでると真っ正面がマクドナルドだから、そのまえで待ってるね」

静香はマクドナルドの赤い看板をみつめながらいった。

浜松市とはいっても、中心部から離れているため、ビルがほとんどない。マクドナルドは駐車場をひろく取った一戸建ての店舗で、よく目立った。

静香は駐車場と歩道の境に立ち、インターからでてくる車をみつめた。

きっかり十分が経ったころ、真っ赤なスポーツカーが降りてきた。

車高が低く、車幅がひろい。一見して外車と分かる派手な車で、あれがそうじゃないかと目をこらすと、運転席で諒輔が手を振っていた。

静香は信号と諒輔の車を交互にみながら、道路を走ってわたり、車に駈け寄った。

諒輔がドアを開けてくれたが、一瞬、乗るのをためらった。いつも乗ってる軽自動車とは、天と地ほどもちがって、乗るのに面映《おもはゆ》さを感じたのだ。

その静香へ諒輔が、

「写真とちがうね」

と、微笑した。ドキッとした静香へ、

「写真より、ずっと若いじゃん！」

重ねていった。

静香が年齢のことを気にしているのを承知していて、真っ先に安心させようという気配りなのか、それとも、自分でも気づかないうちに、調子のいい言葉が口からでるのだろう。

そのやりとりで気持ちがほぐれ、助手席にすわった静香は、

「この車、なんていうの？」

と、たずねた。

「フェラーリ。こいつ、エンジンが凄《すご》いよ。停止した状態から五秒で時速百キロへもっていく」

諒輔は自分が褒《ほ》められた以上に嬉しそうにこたえた。

たしかに、静香の軽自動車とは走り方がちがう。滑《すべ》るように軽やかな走り方だが、タイヤはがっちりと大地を嚙んでいる。

「すっごく高いんでしょう」

「それほどでもない。中古で買ったから……」

諒輔は言葉を濁したが、中古でも一千万円は超すはずであった。

〈お金持ちの坊ちゃんなんだ〉

静香はそう思いながら、

「次の信号を左……」

と、指示した。

諒輔は信号の標示へ目をやり、

「三方原《みかたがはら》？　三方原って古戦場じゃん」

おどろいた表情になった。

ここで、徳川家康《とくがわいえやす》と武田信玄《たけだしんげん》が戦った。両軍がぶつかったと思うと、もう武田方が勝っていた。

家康は命からがら浜松城へ逃げて帰るのだが、負けるのを承知で同盟関係にあった織田《おだ》信長《のぶなが》に義理を立てたこの戦いが、家康の名を挙げた。

その三方原の信号を左折し、ものの四、五分も走ると、道は下り坂になり、行く手の谷《たに》間《あい》に白っぽいビルや建物が密集しているのがみえた。

「あれが引佐？」

諒輔がたずねた。

「残念……。引佐はあの奥なの」

静香はこたえた。

白いビルのようにみえるのは富士通《ふじつう》やローランドなどの工場とショッピングセンターで、引佐の隣の細江《ほそえ》町の町域であった。

諒輔の運転する車は坂を下り切り、都田川《みやこだがわ》にかかる橋をわたった。

すぐ先の右手がショッピングセンターのため、ひとどおりが多くなった。そのひとたちの誰もが、えっという顔で諒輔の車をみつめた。

ひと目で外車と分かる真っ赤なスポーツカーは、走っているだけで何が起きたのかと思わせる迫力がある。

静香は諒輔の横顔を盗み見した。

このフェラーリ、ナンパの必須アイテムに違いない。助手席にすわった女の子は何人いたのか。諒輔はその女の子たちと、その場かぎりの交際ですましているのか。

ナンパされた女性のなかの最年長は、たぶんわたしだろう。

静香は自分にそういい聞かせ、浮き立ってくる気持ちをおさえようとするのだが、気分はどこか夢見心地であった。

「引佐の桜の名所、どこ？」

諒輔がたずね、

「奥山《おくやま》の方広寺《ほうこうじ》ね」

静香がこたえた。

禅宗の大本山で奥山の中腹、杉の大木が茂る広大な境内《けいだい》に三十あまりの堂宇《どうう》が建てられ、東海地方屈指の規模をみせ、門前の奥山公園には千本といわれる桜が、いまを盛りと咲き誇っているはずであった。

「じゃあ、先にそこへ行こうよ」

「だったら、次の信号を左……」

静香はナビゲーションした。

フェラーリは引佐の町にはいろうとしていた。

この町は史蹟がたくさんあり、観光客がバスで押しかけてくるが、町そのものは地味で、商店街らしい通りもなかった。

静香がナビゲーションしたのは県道新城《しんしろ》引佐線で、この道を道なりに行けば方広寺のある奥山へでるのだが、市街地を抜けるところで指示をしなかったため、諒輔は右へ行くところを左の脇道へそれてしまった。

「あっ、こっちじゃない」

静香がいったのと、

「なんだ、あれ？」

諒輔が声をあげたのはほとんど同時であった。

前方に古墳のように盛りあがったちいさな丘があり、そこだけ林の様相がちがっていた。

「あれ、渭伊《いい》神社って、むかしのお社《やしろ》だけど、神社のうしろが天白磐座《てんぱくいわくら》って史蹟なんだ」

「テンパクイワクラ？」

「古代人っていうのかな。邪馬台国《やまたいこく》とおなじころのひとが、お祀《まつ》りをした場所らしいよ」

静香は説明した。

引佐には古墳がいくつかある。磐座だけだと他の古墳とまぎらわしいので、地名の小字《こあざ》、天白をつけて天白磐座と呼んでいるのだが、はじめて耳にするひとはテンパクイワクラという言葉のひびきに異様さを感じるようだ。

諒輔も例外ではなかった。

「なんか、面白そうじゃん。行ってみようよ」

静香の返事など待つまでもなく、車のハンドルを勢いよく切り、右折する細い道へはいった。

渭伊神社駐車場と書かれたスペースがあり、そこに白いワゴン車が一台だけ、ぽつんと止まっていた。

駐車場のまえに『ムササビの森』と絵や図解入りで書かれた看板が立っていた。

「なに、ここ、ムササビがいるの？」

その看板によると、ムササビは葉っぱをふたつに折って食べるらしく、ムササビの食べた葉の跡《あと》は、左右対称に歯形がついているらしかった。

5

ムササビの森の看板のすぐ横に白木の鳥居があった。普通の鳥居よりは形がちいさく、柱も細かったし、ゆがんでいるように感じた。

境内は杉の大木が生い茂っていて、まひるのこの時間でも暗い感じだった。

右手の石垣のうえに古びた社殿が建っている。

白木造りの荘厳な社殿で、社務所もついているが、ここは神主《かんぬし》がいない。

無人の社務所のまえで、高校生らしい年頃の男の子が三人、大工道具をつかって工作のようなことをしていた。

その三人のほかは誰もいなかった。

ここから車で三分とかからないところに井伊谷宮《いいのやぐう》という神社がある。そこは龍潭寺《りようたんじ》という寺とセットになっていて、龍潭寺は小堀遠州《こぼりえんしゅう》がつくったといわれる庭園でしられ、今日あたり観光バスが押しかけているはずだが、ここ渭伊神社は観光客などひとりもいない。

社殿の先に赤い矢印のついた道しるべが立っていて、天白磐座遺跡と書かれてある。高さ四十一メートルの円錐《えんすい》形の山で、頂上に大きな岩がふたつ、突きでている。

「邪馬台国があったところ、ここにも国みたいなのがあったの？」

諒輔がたずねた。

「あったみたい。これよ」

静香は案内の看板を指差した。

『井の国・引佐町散策』と水色の地に白抜きで書かれ、天白磐座遺跡の解説が書かれていた。

この辺《あた》りは井戸や泉が多く、その水をつかって早くから稲作がおこなわれていたらしい。

井戸や泉が多いから〝井の国〟。

渭伊神社の祭神は水の神さまだったそうで、ずっと後になって、この地から豪族の井伊《いい》家がでた。

徳川家康の四天王とうたわれた、幕末の大老・井伊直弼《なおすけ》をだした、あの井伊家がそれで、彦根《ひこね》に移るまで、このあたり一帯を領有した。

井伊谷という地名もそうなら、龍潭寺は井伊家の菩提寺《ぼだいじ》。

もしかすると〝井の国〟の王が、井伊家の先祖かもしれない。

天白磐座は〝井の国〟のころの祭祀《さいし》遺跡であった。

諒輔はいつにない神妙な顔で、案内の看板を読んでいたが、そのとき、天白磐座のほうで、

「きゃー！」

という女性の悲鳴がした。

静香と諒輔は磐座へ顔を向けた。

といっても、ふたりの位置から磐座はみえない。

平べったい石を敷いた十数段の石段のうえに祠《ほこら》のような建物があり、磐座へは祠の横を登るしかない。

「いまの悲鳴、なに？」

静香は諒輔の腕にすがった。

悲鳴がしたのは一度だけで、あとは何の物音もしないが、それがかえって嫌なものを予

感させた。

「登ってみよう！」

諒輔が静香の手を引いて祠へ登ろうとしたとき、祠の裏側からあらわれた男がひとり、ものすごい勢いで階段を駈け降りてきた。

黒いキャップをかぶり、プロのカメラマンが持っている器材をいれたボックスをかかえていた。

転がり落ちるような勢いだったので、静香はもちろん諒輔も無意識のうちに道を開けていた。

男は階段を駈け降りると、境内を突っ切り、諒輔がフェラーリを止めた駐車場へ全力疾走して行ったと思うと、車のドアの閉まる音がし、同時に急発進させる鋭い音がひびいてきた。

白いワゴン車はいまの男の車だったようだ。

何があったのか？

静香は諒輔をみつめた。

事件にしてはアッという間の出来事だったし、静香の立っているところから駐車場まで、六、七十メートルはあるから、男の慌《あわ》てぶりや車が走り去るところまでみたわけでもない。

境内は静まり返り、社務所のほうで工作をしている男の子三人のたてる音が響いている。

「とにかく、行ってみよう」

諒輔が静香の手を引っ張った。

祠の横を登った。

静香はまえに一度、登ったことがある。

道がついているわけでもなく、足元にはどうしてこんな所にという感じの、大きくて平べったい石が、いくつも埋まっているし、小山全体が細かい岩のかけらでできているように、一歩一歩、登るにつれて足元がくずれ落ちる。

それでも、諒輔に手を引いてもらって登りきると、地上にでている部分だけで、高さ七メートルぐらいある巨大な岩がふたつ、突然、目のまえに現れた。

伊勢《いせ》の二見《ふたみ》ケ浦《うら》の夫婦岩《めおといわ》のように、すこし離れて屹立《きつりつ》していて、ふたつの岩のあいだには縄がわたされ、神社のしめ縄とおなじ白い和紙がさがっていた。

まわりに生い茂っている樹木が日をさえぎり、薄暗いなかに浮かびあがったふたつの岩は、えもいわれぬ迫力を放っていた。

「あいつ、ここで撮影してたのかな」

諒輔は腰をかがめ、磐座全体をみまわしながらいった。

あの男はカメラマンなのだろう。

では、あの悲鳴はなんだったのか。

諒輔は岩のうしろ側へまわった。

よくみると岩はふたつではなく、三つに分かれていた。しかも、そのひとつひとつが割れて崩れ落ちたのか、巨石群となって散らばっていて、足場が悪かった。

そのうえ、違和感を覚えるのは、磐座のすぐ裏に一戸建ての団地が迫っていることであった。

生い茂った林をとおして、建売ふうの洒落《しゃれ》た住宅が十軒ほどみえる。

磐座遺跡のうしろ半分を宅地造成して、売り出したのだ。

岩の裏手にまわった諒輔が、

「静香！」

喉にからんだような声で指を差した。

顔を向けた静香は、一瞬、目のまえが真っ赤になるのを感じた。

そこには真っ赤な服を着た女性が、うつ伏せに倒れていた。

静香は目をみはり、次の瞬間、身体中の力が抜けるのを感じ、諒輔の腕のなかへへたり込んだ。

諒輔のからだも小刻《こきざ》みに震えていた。

いま、何をみたのか、静香の頭のなかは真っ白になっていた。

真っ白になった頭のなかで、こんなことが現実であるわけがない、ただのマネキン人形ではないか。

チラッとみえた足が美しすぎたように思う。

静香がそんな思いをめぐらしていたとき、

「もしもーし！」

諒輔が女性に呼びかけた。

女性はこたえない。

「もしもーし、もしもーし！」

諒輔はさらに声を大きくして叫んだ。

だが、やはり、反応はなかった。

静香は勇をこして女性をみつめた。横顔しかみえないが、整った美しい顔立ちであった。細い首にくっきりとロープの跡がついている。

首を絞めて殺されたことは素人目《しろうとめ》にも明らかであった。

「こんなときは、やっぱりすぐに警察に知らせるんだよね。携帯からつながるのかな」

諒輔が静香の肩を抱きながらいった。

「救急車は？　もしかしたら、まだ大丈夫なのかもしれない。たったいまの出来事でしょう」

静香は震え声でいった。

悲鳴を聞いてから三分と経ってないように思う。

こんなに早く、ひとの命が絶えてしまうなど、静香には信じられなかった。

「そうしよう。両方に電話だ」

諒輔は携帯電話を取りだしたが、

「だけど、拙《まず》いぜ。おれたち第一発見者になっちまう。社務所にいた高校生に証人になってもらおう」

考え直したように、静香をうながして磐座から離れた。

降りようとすると小山の斜面にひろがる無数の不思議な石と、敷きつめられた落ち葉が、登ってきたときよりも何倍も足をはばんだ。

全身に力がはいらず、自分で歩いているという感覚すら持てず、何度も転びそうになった。

ザザザザッという石の滑る音が静寂をやぶるように響いた。

境内までやっと降りたふたりは、急いで社務所へ行ったが、そこには誰もいなかった。

高校生らしい三人は帰ってしまっていた。

「やべえぜ。あいつらがいれば、おれたちが犯人じゃないことを証明してくれるんだが……」

諒輔は青い顔になり、

「第一発見者ってのは、半分、容疑者みたいに思われるからね」

そういいながら、携帯電話で一一〇番通報した。

「なに、殺人事件？」

受話器から声が洩れてきた。携帯特有の金属的な音声であった。

「ええ。間違いありません。ぼくたちが天白磐座遺跡へ登ろうとしたところ、犯人らしい男が駈け降りてきましたから……」

覚悟を決めたのか、諒輔は落ち着いていた。

「きみの名前は？」

係官は事件のことよりも諒輔の名前をたずねた。

「ぼくの名前？　善意で通報したのに、名前を聞かれるんですか」

諒輔は不満そうにいい、静香に、ねっ？　という目配せを送った。

係官は名前の次に諒輔の住所を、さらに電話番号をたずねた。

いまどき、静香の携帯だって、着信履歴を表示するのだから、一一〇番のセンターには諒輔の電話番号がでかでかとでていると思うのに、係官は執拗《しつよう》に問いただし、そのうえで、

「引佐町の天白磐座遺跡だね。いますぐ警察官を派遣するから、きみはそこを動かないで……」

と、いった。

その受け答えを聞いていて、静香は不安になった。

警察官が到着すると、今度は静香の住所氏名を聞かれるにちがいない。

それはいいが、諒輔との関係をどう説明するのか。

年齢の離れた諒輔と、どうしてこの遺跡にきて、死体を発見することになったのか。何ひとつ悪いことをしたわけでもないが、好奇な目でみられるに違いない。

そう思うと、たまらなく心配になってくる。そして、同時に、そんな心配をしなければならない自分が、情《なさ》けなかった。

バイクの音がして、静香と同年輩の警察官が乗りつけてきた。

すぐ近くにある交番の巡査であった。

「殺人事件というのはどこです？」

巡査はそうたずね、

「磐座遺跡です」

諒輔と静香が口をそろえてこたえるのに、

「きみ、案内してください」

諒輔にいい、静香を振り向くと、

「そこにいて……。待ってるんですよ」

念を押したうえで、磐座へ登って行った。

6

その巡査が転がるように降りてきてからが大変であった。

巡査の報告を受けて細江警察署の捜査員が駆けつけてきた。さらに三十分ほどあいだを置いて、静岡県警本部の捜査員が出動してきた。

滑伊神社の周辺は警察の車で埋まった。

神社の境内にテントが設営され、そこが臨時の前線本部となって捜査が開始され、静香と諒輔はくわしい事情聴取を受けた。

第一発見者は半分、容疑者に思われると諒輔がいったが、刑事たちは頭から諒輔が犯人と決めてかかっていた。

諒輔の真っ赤なフェラーリが反感を買ったせいもあるし、静香との関係は何度説明しても、納得してもらえなかった。

風向きが変わったのは、社務所にいた高校生が連れられてきたころからであった。

警察にとって社務所で遊んでいた三人の高校生を探しだすぐらい、捜査のうちにはいらないのだろう。

三人の証言で、静香たちがくる十分ほどまえに、カメラマンふうの男と女のカップルがやってきて、磐座へ登って行ったことが確認された。

男がプロのカメラマンで、いかにもそれらしい器材を持っていたし、女性は赤い服を着ていた。磐座で写真を撮るのだと思ったというのだ。

それは静香と諒輔の証言とも一致していた。

犯人はそのカメラマンと、ほぼ断定され、駐車場に止まっていた白いワゴン車のナンバーが問題になった。

静香も諒輔も浜松ナンバーだったことは覚えていたが、番号までは記憶してなかった。

そこへ殺害現場の磐座から降りてきた捜査員が、

「被害者でありますが、細江町出身のタレントで牧山未来《まきやまみき》、二十歳だと思います」

設営したテントに折り畳み式のながい机がおかれ、その中央にすわって指揮を取っていた年輩の刑事に報告した。

静香はえっと息を飲んだ。

成人してからの牧山未来とは会ってないが、未来の母親と幼なじみであった。

母親は牧山萌子《もえこ》といい、静香より四つうえの四十二歳。子供のころ、掛川のおなじ町内で育った。

牧山萌子も未来が子供のころ離婚していて、何かとアドバイスを受けた間柄であった。

「あんた、牧山未来を知っているのか」

静香の横にいた刑事がたずねた。諒輔と静香を事情聴取した五十年輩の刑事であった。

「お母さんと知り合いなんです」

「住所は知っているのか」

「ええ……」

静香はハンドバッグからアドレス帳を取りだした。

細江町気賀《きが》八六×

それに電話番号が書いてある。

刑事はアドレス帳を取りあげ、

「牧山未来の実家の電話番号は……」

と、机の真ん中にすわった刑事に向かって読みあげた。

その横にすわった刑事が、即座に携帯電話で連絡を取り、そこからは静香や諒輔どころではなくなった。

「牧山未来は何をしてるタレントだ？」

真ん中の刑事がたずね、牧山未来だと思うと告げた捜査員が、

「以前はモデルをやっておりましたが、最近はテレビのバラエティやクイズなんかに、よく出演しております。牧山未来のミキは未来《みらい》と書きますが、これは本名でありまして、細江町で小学校から高校まで在学しておりましたので、なかなかの評判であります。この四月の六日と七日におこなわれる『姫様道中《どうちゅう》』のお姫さまになることが決まっておりました」

と、こたえた。

「ほう……」

テントのなかを軽いどよめきが走った。

細江町の『姫様道中』は、江戸時代に東海道新居《あらい》の関所が、〝入《い》り鉄砲、出女《でおんな》〟の詮議《せんぎ》がきびしかったことから、大名の奥方やお姫さまなどは、浜名湖の北側をとおる脇街道を好んで利用し、そのことから『姫街道』と呼ばれたのに因《ちな》んだ年中行事で、殺された女性の美貌とスタイルがいかにもお姫さまに相応《ふさわ》しかったからだ。

駕籠《かご》に乗ったお姫さまを中心に、百名あまりの武士、奥方、腰元、奴《やっこ》などを従えて、気賀関所を出発、都田川堤の桜並木など、江戸時代の『姫街道』を古式ゆかしく練り歩く催《もよお》しであった。

アドレス帳を取りあげた刑事は、静香に返しながら、諒輔へ顔を向けて、

「あんた、二、三日、東京へ帰らんで、いつでも連絡が着くところにいてほしいんじゃが……」

と、いった。

「そんなこといわれても困りますよ。どこへ泊まるんですか」

諒輔はさんざ疑われたせいもあって、素直にうんとはいわなかった。

「どこへ泊まるって、そっちの女性の家に泊まるつもりでいたんじゃろうが……」

刑事は静香へ顔を向けて、顎をしゃくった。

「何を失礼なことをいうんです！」

諒輔は抗議の口調でいった。

その可能性が高かったが、事情が変わってしまった。被害者が牧山萌子の娘となると、そんな浮《うわ》ついたことをしてはおれない。

「それは失敬。きみたちふたりが仲むつまじいので、つい余計なことをいってしまった」

刑事は頭をかき、

「細江に国民宿舎があるが、そこへ泊まってもらうか。もっとも、料金はあんた持ちじゃが……」

と、いった。

「自分で料金を払うのなら、浜松のホテルに泊まりますよ。浜松ならいいでしょう」

「かまわんよ。あのスポーツカーなら三十分もあれば、すっ飛んでこれるだろう」

刑事は手帳を取りだすと、諒輔の携帯の電話番号をメモし、

「わしはこういう者じゃ」

名刺を取りだすと、ボールペンで細江署の電話番号をかいて、諒輔に手わたした。

県警本部捜査第一課の巡査部長、村松増造《むらまつますぞう》と厳《いか》めしい活字が並んだ余白に、下手《へた》な数字

が書き込まれていた。

「じゃあ、ぼくたち、これでいいんですね」

諒輔は刑事にたずね、境内をでながら、

「そのお母さんとどういう関係？」

と、静香にたずねた。

「むかし、掛川にいたって話したでしょう。掛川ですぐ近所だったのよ」

「ふーん」

「萌子さんっていうの。すごくできたひとなんだけど、結婚はダメだったみたい……」

「いま、何をしてるの？」

「パソコンのインストラクターをしてる」

「それで食べて行けるの？」

「ちいさな教室をひらいてるし、ホームページ作りなんかの内職をしてるみたい」

「大変だろうな」

諒輔は殊勝《しゅしょう》な表情になった。言葉のトーンまで変わっていた。

駐車場までくると、

「家まで送るよ」

と、諒輔は助手席のドアを開けたが、

「いいわ。家、ちかいから……」

静香はフェラーリを敬遠した。

家までは五百メートルほどある。事件にであったせいか疲れていた。だが、この真っ赤なフェラーリが家のまえに横付けされるのを避けたかった。

諒輔とは会えただけでよかったのだ。

こんな遠いところまで来てくれた諒輔には悪いが、これ以上のつき合いはよしたほうがいい。

三十八歳と二十三歳なのだ。

一時的に燃えあがることはあっても、長続きするなど思ってはいない。

だが、それはいまの静香の気持ちであって、深い関係を持ったあとでも、そんな冷静さをたもつことができるかどうか。気持ちの歯止めがきかなくなることだってあるかもしれない。

牧山未来の事件は神さまが与えてくれた警告かもしれない。

静香は家に向かって歩きだした。

その静香を赤いフェラーリがゆっくりと追い抜いて行った。

第2章　細江《ほそえ》・出生の秘密を告げた男

1

事情聴取が終わる時刻をみはからって、静香は細江町の牧山萌子の家へ向かった。たったひとりの娘をうしなって、萌子がどんなにダメージを受けたことか、すこしでも悲しみを分かち合いたいという気持ちでいっぱいであった。

静香の家から萌子の家までは、車でほんの十分たらずであった。

いつものことだが、静香は細江の町にはいると商店街の賑《にぎ》やかさに圧倒される。

細江はむかし気賀といい、関所と宿場があった。

東海道の脇街道、いまでいうバイパスがここをとおっていた。

宝永《ほうえい》四年（一七〇七）、富士山が爆発し、中腹に宝永山ができた年だが、東海道筋は地震にみまわれ、なかでも浜名湖口から新居宿の一帯の被害がおおきく、東海道の通行が困難になったため、臨時に脇街道を利用することになった。

現在の愛知県豊川《とよかわ》市の御油宿《ごゆのしゅく》から、浜名湖の北をとおって、ジュビロ磐田《いわた》で有名になった磐田、当時の見付宿《みつけのしゅく》で本街道に合流する街道であった。

この脇街道は好評であった。

本街道は浜名湖の入口を船で渡らなければならない。当時の浜名湖口はかなりの広さだったし、直接外洋に面しているため、海が荒れると通行止めになった。ならないまでも危険がともなった。

そのため、東海道が復旧してからも、宮家、公家、大名の貴婦人などの行列は脇街道を利用し、いつとなく『姫街道』と呼ばれるようになった。

かつての姫街道は現在の県道磐田細江線で、随所に松並木が残っているし、六地蔵《ろくじぞう》、千日堂《せんにちどう》など往時の面影《おもかげ》をみることができる。

この県道は、細江の商店街の中心・気賀の辻で国道362号線に接続、愛知県の豊川市へとつうじているが、ほかにも引佐からくる道、舘山寺温泉《かんざんじおんせん》へ向かう道などが交錯し、渋滞の名所になっている。

宿場だった気賀の辻は商店街に変わり、いまから四十年ほどまえ、近郊のひとびとのショッピング・センターとして最盛時を迎えたが、車が下駄代わりとなり、駐車場が必要になるにつれて、さびれる一方になった。

細江も例外ではない。シャッターを降ろした商店が年ごとに増えていくが、それでも看板だけは折り重なるようにつづいていて、かつての賑わいのほどを物語っていた。

その商店街から一本はずれた通り、パソコン教室の看板を掲《かか》げている家に萌子はもどっていた。

静香の顔をみると、

「静香さん！」

萌子は駈け寄って手をとった。

「大変なことになって……」

静香はお悔《く》やみをいおうとしたが、言葉にならなかった。握り合った手のうえに涙が落ちた。

「とにかく、おあがりになって……」

萌子はリビングルームへ招き入れた。

七年ほどまえ、二階をパソコンの教室にしたとき、一階を洋風にリフォームした。寝室の部分をのぞいて、キッチンもダイニングルームもひとつにしたひろい部屋で、壁際にはパソコンが置かれ、その斜めうえには堀文子《ほりふみこ》の童画がかけられていた。

壁紙もカーテンも家具も、部屋全体が白とブラウンで統一されたシックなリビングであった。

「あの天白磐座にもう十分か十五分、はやく行ってたら、未来《みき》さん、あんなことにならずにすんだのだけど……」

静香は、なかば詫びるようにいった。

静香に責任があるわけではないが、未来の遺体をみたときのショックが、いまも脳裏《のうり》に焼きついている。

「警察から聞いたわ」

萌子はうなずいた。

「未来さん、撮影の仕事があったみたい。その最中、何かトラブルが起きたらしいんだけど……」

「でも、なんの撮影だったのかしら……。明日帰ってくるといってたのよ。撮影で引佐に来てたのなら、その足で帰ってくればいいわけでしょう。今晩、どこへ泊まるつもりだったのかしら」

萌子は不審そうにいった。

いわれてみればそのとおりであった。

猛烈な勢いで天白磐座から駈け降りてきたカメラマンがいた。駐車場に止まっていた浜松ナンバーの白いワゴン車。

未来は姫様道中に出演するのに合わせて、浜松の仕事を取ったのだろう。

そう考えた静香に萌子がいった。

「それに、撮影にしては着ていた服が、あの磐座遺跡にマッチしないのよ。普通、あそこで撮影するんだったら、三着や四着の衣裳を用意してたと思う。それがみつかってないし……。撮影と思わせて未来をあそこへ連れだしたんじゃないかしら」

「そういうのスタイリストっていうのか、プロダクションが決めるのじゃないの?」

「そのはずよ」

「だったら、プロダクションに聞いてみたら……」

「警察が問い合わせるって……」

萌子はこたえ、

「わたしはどこか、おかしいと思う」

首をかしげた。

静香はうなずいた。

猛烈な勢いで磐座から駈け降りてきた男は、いかにもカメラマンといったラフな服装だった。

ということは変装していたのか。

ジャンパーに作業用のズボンという服装は、報道カメラマンのそれで、女優やアイドル専門のカメラマンは、あんな物々しい恰好《かっこう》をしないのではないか。

テレビや雑誌のグラビアでみる〝婦人科〟のカメラマンは、もっと普通の服装をしていたように思う。

「すると、偽《にせ》のカメラマンなのかしら」

静香は萌子をみつめた。

「偽のカメラマンだというだけじゃなくて、未来がいつどこで契約したのかって問題があるでしょう」

萌子は深刻な表情になり、

「未来、姫様道中にでることが決まっていたのよ」

と、いった。

「それは聞いたけど……」

「それなんだけど、決まってはいたけれど、実際に発表になるのは三日の水曜日なの」

「ええ。あれは応募だから……。選考委員が厳正な審査をしたうえで発表することになっている。とはいっても、お姫さんらしくない応募者ばかりだと困るでしょう。なんとか恰《かっ》好《こう》のつく女の子に応募してもらうよう手をまわしてるのよ」

「未来さん、応募したの？」

静香はたずねた。

未来はたしか三年まえに応募して、お姫さまに当選し、それがきっかけでタレントになった。

「未来は乗り気じゃなかったのだけど、白柳《しろやなぎ》のお祖父《じい》ちゃんが熱心で、ここでもう一度、お姫さまをやると運気がよくなるって……」

と、萌子はいった。

白柳というのは萌子の別れた夫の姓であった。

どういうわけか、細江には白柳という姓が多い。

離婚して縁は切れたが、田舎ではまったくの他人というわけにはいかない。夫はともかく祖父となると、未来を可愛いと思う気持ちが分かるだけに、余計なお世話だと撥《は》ねつけられなかったのだろう。

「そうなの？」

未来の祖父にあたる白柳庄一郎《しょういちろう》は町会議員をしていて、孫娘かわいさから強引にお姫さま役を要求したらしい。

「でも、未来さんなら姫様道中が盛りあがるんじゃないの」

静香は萌子をみつめた。

「白柳のお祖父ちゃんはそういうんだけど、じつは今年のお姫さま、ほんとうはもう決まってたのよ」

萌子は眉をくもらせた。

「決まってたって？」

「気賀の辻で和菓子屋をなさってる畑中《はたなか》さんのお嬢さんが内定してたの」

「…………」

静香はこたえにつまった。

畑中という家も和菓子屋もしらないが、気賀の辻は静香がいましがたとおってきた賑やかな商店街であった。

シャッターを降ろす店が多くなったとはいえ、細江では一等地なのだ。その気賀の辻で和菓子屋を営《いとな》んでいるのだから、それはそれで町の有力者なのだろう。

「未来のホームページ、わたしがつくってるでしょう。その書き込みがすごいのよ」

萌子はいった。

未来はタレント活動で忙しいし、萌子はプロのインストラクターなのだ。写真やスケジュールなどを取り寄せて、萌子がホームページをつくっていた。

「嫌ね……」

「ホームページって匿名《とくめい》で書き込めるでしょう。だから書きたい放題……。出戻りのお姫さまじゃあるまいし、ひとりで二度もやるのはルール違反だ、町民の行事を私物化している、母親が離婚するような娘はそれだけで失格だ……。悪口雑言《あっこうぞうごん》をとおり越して罵詈讒謗《ばりざんぼう》もいいところよ」

萌子はちらっとパソコンに目をやった。

「…………」

静香は溜息をついた。

顔のみえないインターネットでは、よくあることであった。

理論的な応酬をしているうちはいいが、それが感情的になると、罵詈讒謗の投げ合いになるのを、チャットで何度となく体験している。

「未来が殺されたの、姫様道中のせいじゃないかと思うのよ」

萌子はいった。

目の色が変わっていた。

いつもの萌子にはないことであった。

「まさか……」

静香はドキッとする思いで萌子をみつめた。

姫様道中のヒロインの座をめぐって殺人事件が起きた。萌子はそう考えているようだが、そんなことがあるだろうか。

静香は疑問に思ったが、萌子は本気であった。

「あるんじゃない？　もう二、三年まえになるけど、東京で子供の名門幼稚園の〝お受験〟をめぐって、母親同士がいがみ合ってライバルの子供を殺した事件があったじゃない」

そんなことがあった。

だが、あれはノイローゼによる発作的な犯行のようなもので、未来のケースはちがうのではないか。

姫様道中はこの地方ではよく知られた行事だとはいうものの、ひとを殺してでもお姫さま役になるメリットなど、考えられなかった。

「静香さんのみたカメラマンは、未来を殺してくれと頼まれた男だと思う。カメラマンの振りをして未来をあの遺跡へ連れて行ったのよ」

萌子はいいつのった。

萌子はひとり娘が殺されたショックで、思考が混乱しているのだ。

明日になれば、気持ちが落ち着くにちがいない。

それまでは話し相手になってあげることだ。

静香は自分にそういい聞かせていた。

2

翌日の午後、静香はふたたび萌子の家をたずねた。

ちょうど、司法解剖が終わって、未来の遺体がもどってきたところで、葬儀社の社員が祭壇をつくっていた。

静香が邪魔にならないよう表で待っていると、二十一、二歳の学生ふうの青年に、

「ご親戚の方ですか」

と、声をかけられた。

ネクタイは締めてなかったが、スーツを着ていた。

顔立ちは整っていたが、全身が醸《かも》しだすムードはどこか野暮ったかった。

「いいえ。萌子さんのともだちですけど……」

静香がこたえると、

「でしたら、話を聞いていただけませんか」

青年は懇願するような表情でいった。

「なんのお話？」

「未来さんのことです。ぼくは昨日、未来さんとデートの約束をしてたんです」

青年は勢い込んでそういい、

「あっ、ぼく、堀尾秀輝《ほりおひでき》といいます。高校のブラスバンドで一年先輩でした」

と、慌てて自己紹介した。

「わたし、沢上静香といいます」

静香はそうこたえ、あらためて堀尾をみつめた。

真面目そうだが、面白味のあるタイプではなかった。高校時代なら憧れに似た気持ちを持ったかもしれないが、東京でタレントをはじめた未来が、それでも愛情を持ちつづけた男性とは思えなかった。

堀尾は二百メートルほど先にこんもりとした森をみせている細江神社へ誘《いざな》って行った。

細江神社の神さまはもともとは、浜名湖の入口の守護神であった。明応《めいおう》七年（一四九八）というから、室町《むろまち》幕府の権威が落ち、戦国時代が始まろうとしていたころ、地震と大津波が起こり、それまで淡水湖だった浜名湖が切れ、ご神体が細江にながれ着いた。それを祀った神社で、地震厄《やく》除《よ》けの神様として知られている。

堀尾は神社の横まで誘って行くと、

「昨日《きのう》、ぼく、舘山寺温泉の湖山荘《こざんそう》で、ずっと未来さんを待っていたんです」

と、いった。

「ほんと？」

静香はたずね返した。

湖山荘というのがピンとこなかった。

デートの約束をしていたというのだから、ピンとくるもこないもないのだが、堀尾の風貌が未来と重ならなかった。

「ええ。遅くても午後三時にはくるといってました。ですから、ぼく、二時から湖山荘で待ってたんです」

堀尾は熱っぽい口調でいった。

「あなた、大学は東京？」

「はい……」

「すると、東京で未来さんとつき合ってらしたの」

「未来さんは売れっ子で忙しかったから、それほどではないですが……」

堀尾は得意さと残念さの入り交じった表情になった。

「でも、湖山荘でデートなさるのだったら、すべてを許し合っていらしたんでしょう？」

「そんな……」

堀尾は狼狽《ろうばい》したように目を伏せた。

その表情がいかにも頼りなさそうで、この男性を未来が本気で愛したのかという疑問さえ感じた。

「で、未来さんが湖山荘にこなかったこと、警察に知らせた？」

静香がたずねると、

「でも、こなかった理由が分かったんですから、どうしたらよいかと思って……」

堀尾はすがるような目つきになった。

「それは知らせなければいけないんじゃない。昨日も萌子さんが不思議がっていらしたけど、未来さん、今日、帰ってくるといってたんですって……。昨日、引佐の遺跡にいたでしょう。すると、あのあと、どこへ行くつもりでいたのかって……」

静香は話しながら、昨日からの疑問がひとつ解けたと思った。天白磐座から逃げたカメラマンふうの男が、ほんものなのか偽者《にせもの》なのかはともかく、未来は撮影が終わったら湖山荘へ行き、泊まる予定でいたらしい。

「ですが、それは未来さんが生きていたらの問題じゃないですか。そんなことより、もっと重大なことをぼくは知ってるんです」

堀尾は自分に責任がおよぶのを避けたいのか、話をすり替えた。

「…………？」

「未来さんのお父さんのこと、ご存じですか」

堀尾はいった。

「萌子さんの別れたご主人のこと？」

「誰でもそう思いますよね……。だけど、ほんとうのお父さんはそのひとじゃないんだ」

堀尾は静香から目をそらしていった。

「あなた……」

静香は思わず咎《とが》める口調になった。

萌子を冒瀆《ぼうとく》するように感じたのだ。

堀尾は静香の動揺をみてとったのか、妙に落ち着いた態度になり、

「ぼくだって、こんなこと話したくないですよ。ただ、警察に知らせるとなると、そういうことも話さないといけなくなるじゃないですか」

と、いった。

「誰だっていうの？」

静香は詰問する口調になっていた。

「気賀の辻の丁子屋《ちょうじや》って知ってますか。細江名物のみそ饅《まん》屋ですけど……」

「みそ饅？」

「ええ。いまはみそ饅だけじゃなくて、和菓子も洋菓子もやってますが、畑中という家です」

「まあ……」

静香は息を飲んだ。

昨日、萌子が話していた和菓子屋であった。

「なんだ、知ってるんじゃないですか」

「お嬢さんが姫様道中のお姫さまになるとかいってた家じゃないの」

「そうですよ。そのお嬢さんは瞳《ひとみ》っていうんだけど、姫様道中に熱心なのは母親の久枝《ひさえ》なんです。夫がよその女性に生ませた未来さんが、お姫さんになったじゃないですか。だから、姫様道中の実行委員会にすごい運動をして、今年のお姫さまに決まったと思ってたところ、未来さんがもう一回、お姫さまをやることになったでしょう。瞳のお母さんはなんとしても、未来さんにはさせるな。瞳にお姫さまをやらせるんだって……。未来さんがそういっていました」

堀尾と話しているうちに深刻な表情になってきた。

「未来さんのお父さんが、そこのご主人だっていうの、ほんとう？」

「ほんとうですよ」

「誰に聞いたの？」

「聞かなくたって、町中のひとが知ってますよ」

「町中のひとが？」

「ええ。未来さんのご両親が離婚したのは、そのせいじゃないかな」

堀尾はしれっとした顔でいった。

そういわれると、静香は返す言葉がなくなってしまった。

昨日、萌子は、

〈未来が殺されたの、姫様道中のせいじゃないかと思うのよ〉

と、いった。

いくらなんでも、姫様道中のヒロインの取り合いで、殺人事件が起きるわけがない、静香はそう思ったが、話は変わってきた。

堀尾はその静香にダメを押すようにいった。

「瞳のお父さん、二、三年まえから体がわるいんです。癌《がん》じゃないかって噂されてるんだけど、知り合いの弁護士に遺言状を書いて預けてあるそうなんです。遺言状には遺産を未来さんにもあげるように書いてあるそうで、瞳のお母さんは意地でもそんなことはさせないって……」

「その久枝ってひと、年齢はいくつ？」

「未来さんのお母さんと同い年です」

「ご主人は？」

「その一つか二つうえだと思うけど……」

「…………！」

静香は肩で息をついた。

ヒロインの取り合いぐらいでは殺人事件は起きないが、遺産相続までからんでくると起きても不思議はない。

それも細江という狭い町で二十年のあいだ、怨念がくすぶりつづけてきたのだ。

磐座遺跡から駈け降りてきたカメラマンふうの男は、畑中久枝がやとった〝殺し屋〟なのか。

殺し屋は周到《しゅうとう》に手をまわして、天白磐座で撮影をすると未来を信じ込ませたうえ、白昼、事件におよんだのか。

静香は目のまえが赤く燃える感覚におそわれていた。

3

堀尾と別れて萌子の家へ戻ると、祭壇の飾りつけのすんだ部屋で、フォーマルスーツを着た五十年輩の男と話していた萌子が、

「静香さん、こちら未来がお世話になっていたプロダクションの社長さん、遠山《とおやま》さんと仰《おっしゃ》るの」

と、紹介してくれた。

「沢上静香ともうします。萌子さんと親しくさせていただいております」

静香はそう自己紹介した。

「遠山です。いまもお話ししていたのですが、未来くんは突然、わたしどものプロダクシ

ョンを辞めたい、芸能界から足を洗って結婚したいといいだしましてね。まだ二十歳じゃないか、何もそこまで思いつめることはないだろう。姫様道中の話はちょうどいい機会だから、一週間の冷却期間だと思って、よく考えるようにといってあったのですが……」

遠山は訴えるようにいった。

「未来さん、タレントを辞めるつもりだったんですか」

静香はおどろいてたずねた。

つい今しがた話した堀尾が浮かんだ。

芸能界から足を洗って結婚したいという男性は堀尾のことなのか。

「ええ。未来くんの意思はかなり固いものでした。わたしどもにとって辞められるのは困る。素人の未来くんにどれだけ投資をしたことか。日舞、バレエ、音楽、歌唱、演技……。何人の先生をつけて育ててきたと思います？　また、どれだけの宣伝費をつぎ込んだか。専属のマネージャーまでつけて、テレビ局に売り込ませたのですよ。かけた費用は二億円ではききません。ここで辞めるなんてことは、煮え湯を飲まされるようなものですよ」

遠山はまくし立てた。

「でね、お聞きしたのだけれど、未来に撮影のお仕事など、はいってなかったって……」

萌子が横からいった。

二億円の話をさんざん聞かされ、辟易《へきえき》していたのだろう。

「ええ。聞いておどろきました。どこの媒体の撮影ですか、プロダクションはまったくタッチしておりません。それに、未来くんクラスの撮影ですと、マネージャーがつき、スタイリストがつき、メイクもつけます。カメラマンのほうも野外の撮影ですから、助手が三人は必要でしょう。助手もいない、三脚も用意しない撮影などということは、わたしにはちょっと考えられないのですが……」

「やっぱり、カメラマンを装った殺し屋だったのよ」

萌子が声をひそめていった。

静香は萌子と遠山を交互にみつめ、堀尾から聞いたことを話してよいのかどうか推《お》しはかった。

未来は昨日、湖山荘で堀尾と落ち合う約束をしていた。

だが、それを遠山のまえで話すのは抵抗があった。

まして、未来はプロダクションをとおさず、撮影の仕事を個人で受けたらしい。それが契約違反なのか、よくあることなのか、静香には判断できないが、プロダクションをとおした仕事なら、殺されるようなことにはならなかったはずだ。

未来は遠山をだし抜いて仕事を受け、そのために命を落とす羽目《はめ》となった。そのうえ、湖山荘に堀尾とふたりで泊まる約束までしていた。

あまりにも幼稚すぎて、未来の恥をさらけだすようなものであった。

「だけど、普通の場所じゃなくて天白磐座遺跡でしょう。それに、スタイリストもメイクもない撮影、未来さん、あやしいと思わなかったのかしら」

静香は萌子にいった。

「そうよね。だいいち、会ったことはもちろん、紹介者もないひとから撮影したいといわれて、ふたつ返事で受けるものですか」

萌子は遠山にたずねた。

未来が浜松で〝殺し屋〟と落ち合い、白いワゴンに乗って天白磐座遺跡まで行き、渭伊神社の境内を遺跡へと登って行ったことは確かであった。

しかも、渭伊神社には高校生が三人いた。危険だと思えば声をだせばよかった。未来はそんな気配をみせなかったのだから、殺される直前までカメラマンだと信じ切っていたことになる。

未来がまったくの素人ならともかく、撮影に馴れているタレントなのだ。

天白磐座遺跡の頂上に登るまで、偽のカメラマンだと気づかなかったこと自体、どこか納得できなかった。

「未来くんも携帯電話を持っておりましたから、電話番号さえ知っておれば、交渉そのものはできたでしょうが……」

遠山はそうこたえ、

「警察の話ですと犯人と思われる男は、浜松ナンバーの車をつかっていたそうですから、未来くんの個人的な知り合いなのではないですか」

と、つけくわえた。

未来の個人的な知り合いなら、携帯の番号を知っていて不思議はないが、畑中久枝は知っていたのか。

仮に久枝が知っていたとしても、未来は久枝の話に乗っただろうか。

あやしげなカメラマン。ひと気のない天白磐座遺跡。

未来が疑問を持たなかったのは、よほど信頼していた人物の話だったはずだ。

静香はいましがた別れた堀尾を思い浮かべた。

愛し合っていた堀尾からの話なら、未来はなんの疑いもせずに引き受けただろう。

だが、愛し合っている人物が未来の殺害を依頼するわけがない。

静香がそう考えたとき、玄関で、

「ご免ください」

野太い男の声がした。

「はーい」

静香がでて行った。

昨日、事情聴取を受けた県警の村松刑事が若い刑事とふたりで立っていて、

「あんたに用なんじゃ」

静香の家を訪ねたところ、ここにいると聞いてきたと告げた。

「どういうご用でしょうか」

「昨日、あんたが天白磐座へ行った時刻じゃが一時十五分……。これは間違いないね」

村松はたずねた。

「ええ。間違いありません」

静香はうなずいた。

諒輔と浜松西インターの出口で一時に待ち合わせる約束だったが、諒輔は十分ほどはやく到着した。

そこから奥山の方広寺の桜をみに行くことになったが、諒輔が道を間違え、天白磐座遺跡に寄る羽目になった。

着いたのは一時十五分すぎの見当であった。

「で、磐座へ登ろうとしたとき、カメラマンふうの男が駈け降りてきたのじゃね」

「はい……」

「すると牧山未来さんは一時十分ごろ、殺されたことになるね」

「ええ……」

そのはずであった。

「渭伊神社の社務所のまえで遊んでおった高校生もそう証言しておる。カメラマンふうと被害者が磐座へ登って行ったのは、あんたたちがくる十分ほどまえじゃと……」

「………」

静香は村松をみつめた。

そのどこが疑問なのか、村松がもってまわった質問をしているとしか思えなかった。

「すると、あんたたちが牧山未来さんを発見したのは、殺されてから五分と経ってなかったことになるね」

「ええ……」

「五分ぐらいだと、まだ体温がのこっている感じがするもんじゃ。生きているとしか思えないものじゃが、そう感じたかね」

「さあ……」

静香は首をひねった。

そんな感じだったといえばそうだが、死体そのものをほとんどみていない。真っ赤な服を着た女性がうつ伏せに倒れていて、みた瞬間、頭のなかが真っ白になった。

諒輔が呼びかけ、静香は勇をこして女性をみつめたが、村松がいうようなことを観察する余裕などなかった。

「昨日の現場検証のときから問題になっておるんじゃが、一時十分前後に殺されたのではない。殺されたのは十二時前後のはずだという意見がある」

「でも……」

静香は思わず村松をみつめた。

カメラマンふうの男と牧山未来が、静香と諒輔より十分ほどはやく天白磐座遺跡へ登って行った。未来は殺され、男はすごい勢いで磐座から駈け降りてきた。

それがはっきりしてるのに、未来の殺された時刻がどうして一時間もまえになるのか。

村松は頭がおかしいのではないか。

静香はそう思ったのだ。

「いや、それはわかっとる」

村松は両手でおさえる手振りをし、

「わかっとるが、人間のからだは死ぬと、いったん弛緩《しかん》するんじゃ。全身の筋肉がゆるむんじゃが、まもなく硬直しはじめる。わしらが到着したのは二時二十分じゃったから、一時十分前後に殺されたのなら死後一時間ちょっとじゃね。死後一時間にしては、すこし硬直の度合いが進んでおったと考えられなくもないんじゃ」

と、説明した。

「そういうのって、科学的にはっきりさせられないんですか」

「かなりのところまでは、はっきりさせられるが、それも状況によりけりじゃ」

村松はそういい、

「それで聞くのじゃが、あんたと小田切くんは、死後五分のときにみとるんじゃ。死にたてのホヤホヤというか、死後五分の時点じゃと声をかけると息を吹き返しそうなほど生きいきしとる。小田切くんはそのとおりだったというんじゃが……」

ちょっと言葉を切り、

「他にも疑問がある。遺体を解剖したが、胃のなかに何もなかった。つまり、完全に消化された状態じゃった。仏《ほとけ》は昼飯を食べとらんかった。これも状況から考えて疑問がある……」

と、つけくわえた。

「どうしてお昼御飯を食べなかったのかというんですか」

「そうじゃ。これから撮影をはじめるのじゃ。腹が減っては戦《いくさ》はできんでしょうが……」

「ですけど……」

静香は未来が堀尾と舘山寺温泉で三時に会う約束をしていたことを思いうかべた。撮影に一時間かかると、終わるのが二時すこしすぎ。舘山寺温泉まで車で三十分ほどかかる。未来は気持ちが急いでいたのかもしれない。

そうは思ったが口にはださなかった。

話すと奥にいる遠山に堀尾のことを打ち明けるようなものであった。

村松は静香の気持ちを読みとったらしく、

「気がついたことはなんでも話してもらわんと困るね。ことにあんたの場合、あとになって、じつはなどといいだされると、どんな疑いを食うかわからんよ」

と、凄《すご》みをきかせた。

「未来さん、若いから撮影のまえに食事をしたくなかったんじゃないですか」

「なんでじゃね」

「だって、お腹がふくらんで写るでしょう……」

「………」

村松は苦《にが》い顔になり、

「あんたのボーイフレンドじゃが、ああいう男とはつき合わんほうがええよ」

と、いった。

「どうしてですか」

静香はいい返した。プライベートなことを警察にいわれたくなかったからだ。

「あの真っ赤なフェラーリじゃが、あれを買う金をどこで稼いだと思う?」

「しりませんけど……」

「ホストクラブじゃよ。ホストをして金持ちのマダムに買ってもらったそうじゃ。要するにそういう男なんじゃ」

村松はすて科白《ぜりふ》のようにいうと、

「邪魔をした」

若い刑事に顎をしゃくって、玄関をでて行った。

4

村松が帰って行ったのを機《しお》に、

「それでは、のちほどお通夜に出席させていただきますので……」

遠山は舘山寺温泉に宿をとってあるからと、帰って行き、それを表通りまでみ送ったあとで、

「いまの社長、もの分かりがいいようなことをいってたけど、警察は怪しんでるみたい……」

と、萌子がいった。

「どうして？」

「未来のようなタレントが辞めるときって、決まってゴタゴタがあるみたいよ。週刊誌が書いているのはほんの上辺《うわべ》のことで、なかはもっとドロドロしてるって……」

「…………」

「社長も言ってたけど、未来は姫様道中をいいチャンスに、細江に帰ってくるつもりだったみたい」

「だから、わたしにも分からないんだけど、未来が恋に夢中になってたって……」

萌子は溜息をついた。

「それなんだけど、高校で未来さんの一年先輩だった堀尾さんってひと、知ってる？」

静香はたずねた。

「よく覚えてないけど、ブラスバンドのひと？」

「ええ、そう……」

「たぶん、あの子だと思う程度の記憶はあるけど、それがどうしたの？」

「さっき話しかけられたんだけど、昨日、三時に館山寺温泉の湖山荘で待ち合わせてたんだって……」

「なんの用で？」

「嫌だ、男と女が温泉の旅館で待ち合わせるのに、なんの用もないでしょう？」

「だって……」

萌子は目をまるくさせた。

未来の恋人だとは夢にも思ってない表情であった。

「遠山社長に聞かせたくなかったから黙ってたの」

「でも、どうして？」

「だけど……」

　萌子は息を飲み、

「未来の恋人って堀尾くんだったの？」

　呆気《あっけ》にとられたようにいった。

「なんだか冴《さ》えないひとだったけど、湖山荘で待ち合わせてたことを、警察にしらせなきゃいけないでしょうかって……」

「まじめな話なの？」

　萌子はまだ信じられない様子であった。

「堀尾さんはまじめな顔で話してたけど……」

「だけど、おかしいよ。堀尾くんは未来の一年先輩だから、大学卒業まであと一年あるはずよ。遠山社長、未来がいますぐにでも結婚しそうなこと、いってなかった」

「そういえばそうね……」

　確かにそのとおりであった。

　堀尾はあと一年東京で暮らすのだ。これまでどおり東京で会えばよい。なんのためにタレントをやめるのか、細江に帰ってくるのか、意味がなかった。

　だいいち、未来と堀尾ではイメージがちがいすぎた。昨日、天白磐座遺跡でみただけだが、未来は死んだあとも華やかであった。それに引き替え、堀尾は単なるオジさん予備軍でしかなかった。

高校を卒業したあとも細江で暮らしていたのならともかく、未来は上京してタレントになったのだ。未来の周囲にはハンサムだったり、個性的だったり、魅力のある男性がひしめいているはずであった。

二十歳の若さでタレントをやめ、堀尾と結婚するというのは、どこか異常であった。

「その話、わたし、堀尾くんに聞いてみる。堀尾くん、誰かに頼まれて湖山荘を予約したりしたんじゃないかな」

萌子はそういった。

表情が変わっていた。

畑中久枝に頼まれたと、萌子は考えているのではないか。

静香はそう思ったが、久枝の名前をだすわけにはいかなかった。久枝の名前をだせば、未来の出生の秘密にふれることになる。

警察はそちらの容疑に目をつけているのだろうか。

そちらは警察にまかせるのが無難であった。

静香はむしろ、堀尾があやしいのではないかと思っている。

堀尾はほんとうのことをいってるのだろうか。

未来と愛し合っていたというのは、ほんとうなのか。

東京で再会した未来は、高校のブラスバンドの後輩の未来ではなかったはずだ。

華やかな芸能界で日ごと月ごとに美しくなって行く未来であった。堀尾はその未来にかつての交際をつづけようと迫った。

もちろん、未来にはその気持ちがない。

堀尾はストーカーに変質した。

可愛さあまって憎さ百倍。殺害を決意したうえで、未来に〝最後のお願い〟をした。

セミプロのカメラマンに写真を一枚、撮らせてほしい。その写真を記念にして、未来のことをきっぱりと諦《あきら》める。

天白磐座を選んだのは、ふたりにとって思い出の場所だったのではないか。

未来はその話を了承した。

堀尾は湖山荘で未来を待つふりをすることで、アリバイ工作をした。

未来はそんなことは露《つゆ》しらず、天白磐座遺跡へ連れて行かれた。遺跡ではシャッターは切られず、未来の首に巻きついたのはロープだった。

静香はこの推理のほうがあたっているのではないかと思っている。

だが、そこから先は推測しようにもデータがなかった。いや、データがないのではなく、遠山社長にしろ、畑中久枝にしろ、耳にしたデータが事実かどうか、確認することができない。

静香には本人にたずねる権利がない。ないのにたずねるのはお節介というものだろう。

身近に起きた殺人事件。

それはテレビのニュースで報道される殺人事件以上に、推理も推測も難しかった。

許されているのは警察の捜査を待つことだけなのが、静香にはもどかしい。

5

通夜の時間がちかづいて、親戚のひとたちが集まってきたのを機《しお》に、静香は表へでた。

遠山プロをはじめ、未来がレギュラーで出演していた番組名の書かれた花輪がずらりと並び、近所のひとたちが集まっている通りを、細江神社のほうへくだりながら、静香は携帯電話のボタンを押した。

諒輔の事情聴取は終わったのだろうか。

真っ赤なフェラーリをプレゼントしてくれた金持ちの夫人は、静香より年上だったのかどうか、冷やかしてあげようと思った。

諒輔はすぐ電話にでた。

「わたし、静香。事情聴取、どうなった？」

「警察って普通につき合ってる分には礼儀正しいけど、あれってネコをかぶってんだね。すっごく、態度わるいよ」

「真っ赤なフェラーリのせいよ。あの車、買ってくれた女性、いくつだった？」

「なんだ。警察はもう俺のプライバシーを喋《しゃべ》ったのか」

「さんざ悪《わる》さしたんだから、仕方ないでしょ」

「だけど、フェラーリに乗ってきてよかったみたい」

「どうして？」

「警察って無茶いうんだもんね。未来さんが殺された時刻は一時じゃない。十二時ちょっとすぎだ、俺が先まわりして殺したんじゃないかってさ」

諒輔はうんざりした口調でいった。

「わたしのとこへも、それ、聞きにきたけど、諒輔がどうして未来さんを殺すのよ」

「だから、第一発見者は疑われるっていっただろ。昨日、あの時刻に偶然、天白磐座へ行ったのが怪しい。行ったのはわけがあるからだって……」

「だって、あるわけないじゃん」

静香はさすがに義憤《ぎふん》を感じた。

諒輔が真っ赤なフェラーリに乗って、颯爽《さつそう》と浜松西インターをでてきたのは一時十分ほどまえであった。

そのあと、天白磐座遺跡へ真っ直ぐに行った。

ほんとうは方広寺へ行く予定だったが、諒輔が道を間違えたため、天白磐座へ直行する羽目になった。

だが、諒輔は昨日の午前十時に東名高速に乗ったときと、十二時に静岡インターを通過したとき、それからあとは、刻々といってよいほど電話で知らせてきた。

それが逆に怪しいといえばいえなくないが、諒輔の車は真っ赤なフェラーリなのだ。

東名高速道路には要所要所に警察のカメラが備えつけてあり、通行する車を片っ端から写し、光ディスクか何かに記録していると聞いている。

その記録を調べれば分かるのではないか。

静香がそういおうとするのへ、

「だからさ、フェラーリが俺の無実を証明してくれるって……」

諒輔は殊勝な声でいい、

「こうなったら、徹底的に調べてもらいたいよ。静岡県警なんかの刑事じゃなくてさ、警察庁ってお役所に、シャーロック・ホームズもエルキュール・ポアロも裸足で逃げだす名探偵がいるって聞いた。宮之原《みやのはら》警部っていうそうだけど、その名探偵を呼んできて、俺の汚名を挽回《ばんかい》してもらいたいな」

なかば自棄《やけ》気味な声をあげた。

汚名を挽回はおかしい、返上がただしいと思いながら、静香は、

「そんな名探偵がいるの？」

と、たずねた。

「いることは確かだ。広域捜査室って部署なんだ」

「どうすれば、その名探偵がでてきてくれるの？」

「その警部、若い女性に甘いって聞いた。若い女性に頼まれるとふたつ返事で捜査を始めるって……」

「じゃあ、わたしじゃダメね」

「そうでもないんじゃないかな。静香、結構若くみえるからさ」

「電話、してみようか」

「電話？　電話だと誠意がつうじないよ」

「でも、警察庁って東京でしょう。明日は未来のお葬式だし、いちばん早くても、明後日《あさって》になっちゃうよ」

「明後日なら、いくら静岡の警察でも、俺がシロだってこと、分かってるよ」

諒輔はちょっと乾いた声で笑った。

静香はそんな諒輔が可哀そうになった。

諒輔の悪さなんて、せいぜいのところがホストクラブでお金持ちの夫人に貢《みつ》がせたり、真っ赤なフェラーリでナンパをしたり……。その程度なのだ。

ひとを殺すなんてことはできっこないし、未来に関するかぎり、物理的に殺せっこなかった。

諒輔にはアリバイがある。

未来が殺されたのが、仮に警察のいう十二時すこしすぎだとしても、諒輔のフェラーリはその時刻、静岡市を走っていた。

それが証明されれば、諒輔の疑惑は晴れるのだ。

嫌疑は放っておいても晴れるだろうが、シャーロック・ホームズもエルキュール・ポアロも裸足で逃げだす名探偵は、未来の事件をどう解決するのだろうか。

「諒輔、もうすぐお通夜がはじまるから、電話、切るよ」

静香はそういって終了ボタンを押し、一〇四の番号案内を押した。

「はい、NTT電話番号の案内ですが……」

落ち着いた声が受話器をつたわってきた。

「東京の警察庁の番号をお願いします」

「ケイサッチョウですね」

案内の女性は確認し、

「そうです」

静香がこたえると、

「よろしいですね」

声が機械的な声に変わった。

「その方は東京〇三の三五八一の……」

静香は誘われるように番号をプッシュした。

「警察庁ですが……」

交換手がこたえた。

「広域捜査室の宮之原警部さんをお願いします」

「しばらくお待ちください」

交換手はそうこたえ、すこしして、

「広域捜査室ですが……」

女性の澄んだ声がこたえた。

澄んでいるがチャーミングな艶《つや》のある声であった。

「わたくし、静岡県の引佐町に住んでおります沢上静香ともうしますが、宮之原警部さんはもうお帰りでしょうか」

静香が告げると、

「警部は事情があって京都に住んでおりますが、よろしかったら、警部のほうからお電話させましょうか」

女性はそうこたえた。

「お願いします。昨日、引佐町の天白磐座という遺跡で、タレントの牧山未来さんが殺されているのを、わたしが発見しました。第一発見者ということで、いわれのない嫌疑を受けております」

「沢上静香さんですね」

「はい……」

「分かりました。できるだけ早く連絡をさせます」

澄んだ声はそういって電話を切った。

静香は手にした携帯電話をみつめ、ちょっと首をひねった。

電話番号を聞かれなかったが、いまどきのことだ。警察庁の電話には静香の携帯の番号が着信履歴されたのだろう。

静香が携帯をセカンドバッグにしまったと思うと、ベルが鳴った。

慌てて取りだして、耳にあてがった。

「沢上ですが……」

「わたしは警察庁の宮之原といいます。お電話をいただいたそうですが……」

シャーロック・ホームズもエルキュール・ポアロも裸足で逃げだす名探偵の声がつたわってきた。

村松刑事のような野太い声ではなかった。

低音の魅力、というほどでもないが、声にやさしさが感じられた。

「昨日、静岡県引佐町の天白磐座という遺跡で、タレントの……」

静香は女性に告げたことをくり返した。

「あなたはその牧山未来さんと、どういう関係です?」

宮之原はたずねた。

「未来さんのお母さんが友人です」

「親しい友人ですか」

「ええ。親しい友人です」

「で、牧山未来さんの遺体の第一発見者になったのですか」

「はい……」

「それだと、わたしでもあなたを容疑者だと考えますよ」

宮之原は軽く笑った。

「そうなんですか」

静香はちょっと厳粛な気分になった。

「状況によりますが、そういう偶然はまずないと考えていいでしょうね」

「…………」

静香は横っ面《つら》を引っぱたかれた気分になった。

犯人が誰かを詮索《せんさく》するどころの立場ではないらしい。

でも、諒輔は未来と知り合いではないのだから、偶然の重なり合いにはいらないのではないか。

そう思った静香は、その瞬間、絶望を嚙んだ。

諒輔も偶然を重ねている。

発見したのは諒輔が道を間違えたからだ。間違えなかったとしたら、ふたりは方広寺で桜見物をしていた。

すると、犯人は諒輔……。

静香の背筋を冷たいものが走った。

「分かりました。一時間後にもう一度、お電話をします。そのとき、そちらへ行くかどうか、お返事します」

宮之原はそういって電話を切った。

静香は空を仰《あお》いだ。

ひと事のような気分でいたが、そんな簡単なことではなかったようだ。

村松刑事をはじめ静岡県警の目は静香と諒輔にそそがれているらしい。

諒輔は名探偵の宮之原警部に捜査してほしいといったが、藪《やぶ》をついてヘビをだすことになるのではないだろうか。

〈諒輔、自信家だからな〉

静香は胸のなかでつぶやいた。

シャーロック・ホームズやエルキュール・ポアロより凄い名探偵をもってしても、解きあかすことのできないトリックを考えだし、実行したのか。

それは、諒輔が自分を買いかぶっているだけで、名探偵にかかると手もなく解明されるのではないか。

諒輔は墓穴を掘ったのではないか。

静香はそれに手を貸し、墓穴へ突き落とす役割を果たしてしまったのではないか。

悪い予感がする。

静香はふと目をこらした。

どこから飛んできたのか、ひとひらの桜の花びらが静香の肩にとまった。

今年の春は桜の開花が例年になく早い。

都田川の桜は昨日が満開であった。いつもなら桜の花吹雪のなかでおこなわれる姫様道中も、今年は葉桜《はざくら》のなかになるだろう。

静香にはそれも不吉に思えてならない。

第3章　浜名湖《はまなこ》・目撃されていたお姫様

1

通夜の読経《どきょう》が終わってしばらくしたころ、宮之原から電話があった。

明日、そちらへ行くが、告別式が終わり、静香のからだが空《あ》くのは何時かという問い合わせであった。

告別式は午前十時からで、出棺が十一時。お骨《こつ》になって帰ってくるのが二時半の見当だが、静香は出棺をみ送ったあと、家に戻ることにしていた。

その旨《むね》をこたえると、宮之原は午後一時に引佐の静香の家を訪ねるといった。

「あの、お迎えにあがりますが、浜松からこられるのでしょうか」

静香が恐縮しながらたずねるのへ、

「いや、車でまいります。あなたのお宅もだいたいの見当はつきます。迷ったら電話しますから……」

宮之原は気さくにそうこたえた。

気さくにいってはいるが、午後一時というのは意味がありそうであった。

宮之原は車でくるのだ。

東名高速を浜松西インターで降りて、一時に引佐の静香の家へくるとしたら、昨日、諒輔がきた時刻とぴったり一致していた。名探偵は静香の家を訪れることまで、捜査に活かすのだろう。

瓢簞《ひょうたん》から駒がでたように、名探偵が捜査に乗りだしてくれた。

それはありがたいが、犯人は遠山社長なのか、畑中久枝なのか、堀尾秀輝か、それとも諒輔なのか。

その誰であったとしても、静香が招いてしまったのだ。

誰が犯人で、未来《みき》はどういうプロセスを経て天白磐座へ連れられてきたのか。一切が明らかになる。

そう思うと静香はドキドキしてくるのだった。

翌日。

黒塗りの国産車だが、ボディの低い、幅広い独特のプロポーションの車が静香の店のまえに停まった。

車から降り立ったのは、身長が一メートル八十はあるだろう、長身でがっしりした体《たい》躯《く》。チェックのジャケットを着た四十代後半の紳士であった。

車が停まった音を聞いて、迎えにでた静香はそれが宮之原とは思わなかった。

車も服装も警察のそれではなかった。普通のサラリーマンとも思えない。といって、芸能人っぽいというのでもない。

外資系の会社のエグゼクティブだと、こういうタイプがいるのではないか。そう思わせる紳士が、

「沢上静香さんですね」

と、たずね、警察手帳の表紙を開き、表紙裏の身分証明証になった部分をみせた。

本人のカラー写真と警部・宮之原昌幸《まさゆき》の活字がビニールコーティングされていた。

変わっていたのは、表紙がブルーだったことだ。

それもバックスキン。

まえもって電話で遣り取りしてなかったら、偽刑事だと思ったに違いない。

静香が警察手帳と宮之原を交互にみつめるのへ、

「どこかの国の工作員にみえますか」

宮之原は冗談をいった。

「そうはみえませんけど、ブルーの警察手帳なんてあるんですか」

静香はたずねた。

「これは特注なんですよ。実際の警察手帳があまりにもみすぼらしいので、特別につくったのですが、失敗でした。偽刑事だと思われることがよくありましてね」

宮之原は微笑した。

ひとなつっこい微笑であった。

「どうぞ、おはいりください」

静香が店の入口を開けようとするのへ、

「あとにしましょう。先に天白磐座をみたい」

宮之原は逆に、助手席のドアを開けた。

静香は助手席におさまり、車はゆっくりとスタートした。

年季のはいった運転なのは、すぐに分かった。

慎重だが技術は諒輔より上手《うま》いかもしれない。

宮之原は道をたずねるでもなく、渭伊神社の駐車場へ直行し、車から降りると、

「ほう、ムササビですか」

看板へ目をやった。

それほどめずらしい動物ではないが、いるといわれると気になる。ムササビはそういう動物なのかもしれない。

渭伊神社の境内へはいった。

一昨日も今日もよく晴れた日で、時刻もおなじ。

境内のムードはおなじだが、ウィークデーだから、高校生はいなかった。

「立派なお社《やしろ》ですね」

宮之原が静香へ顔を向けた。

木立が鬱蒼《うつそう》と茂った広い境内。石垣のうえに建つ白木造りの社殿。いつきても荘厳な神社であった。

社殿のまえを素通りして、赤い矢印のついた道しるべのまえで、宮之原は足をとめ、磐座のある小山を仰ぎ、

「ここはいつも、こんなにひとが来ないのですか」

と、静香にたずねた。

「ええ。いつもこうです」

静香はうなずき、

「車で三分たらずのところに、龍潭寺というお寺があって、そこは今日でも観光バスのお客がきてると思います。引佐は観光スポットが多いんですが、ここは全然……」

首を横に振った。

宮之原はうなずき、

「ここで、あなたたちは女性の悲鳴を聞いたのですね」

と、たずねた。

「はい……」

「それから何分ほどして、カメラマンふうの男が駈け降りてきました？」

「二分か三分……」

静香はいった。

「それはおかしい」

宮之原は首をかしげ、

「首を絞めて殺すのは、意外に不確実な殺し方でね。最低でも五分間は絞めつづけないと、ひとは死なない。二分か三分だと、息を吹き返します」

断定的にいった。

「でも、たしかに悲鳴がしました」

静香は息をつめて宮之原をみつめた。

すると、あの悲鳴はなんだったのか。

「登ってみましょう」

宮之原は平べったい石を敷いた階段を登って行った。石段のうえに祠《ほこら》があり、その横へまわると、磐座がおぼろげに姿をみせた。

この磐座特有の細かい岩のかけらが、足元でくずれ落ちる。それを注意しながら登りおえると、磐座の周囲に黄色いロープが張られ、『立入り禁止、細江警察署』と書いた紙が吊るされていた。

「家がありますね」

宮之原は磐座の向こうに建ち並んでいる建売団地へ顔をやった。

「ええ……」

静香はうなずいた。

「この町でなにも磐座を宅地にすることはないでしょうに……」

宮之原が呻《うめ》くようにいった。

そのとおりであった。引佐町は南アルプスにまでひろがる広大な町であった。そんな奥は不便で住めないにしても、静香の店のあるすぐちかくにも、空き地や山林がいくらでもある。

だが、磐座のうしろ半分を民有地として持っていたひとにとって、自分で自由にできる土地は、そこしかなかったのだろう。

宮之原はその団地をしばらくみていたが、

「悲鳴をあげた女性は、あっちへでて行ったのでしょう」

と、団地のはずれの方向を指差した。

「でも、牧山未来さんが殺されていたんですけど……」

静香は宮之原をみつめ返した。

未来が赤い服を着て倒れていた。悲鳴をあげた女性が団地のほうへでて行ったとすると、未来のほかにもうひとり、女性がいたのか。

とすると、未来はいつ、この磐座へ来たのか。

静香は磐座と団地の距離を推し量《おはか》った。

磐座と団地のあいだに、まばらな林がひろがっているが、その間隔《かんかく》は三十メートルほどで、高低差はほとんどない。

いちばん近い家は磐座とおなじ高さの土地に建っていた。

バブルの頃、売りだされた建売団地であった。

あの悲鳴は偽の悲鳴だった。悲鳴をあげた女性はカメラマンふうとは逆に団地のほうへ逃げた。

ということは、未来は一時間まえに殺されていた。

カメラマンふうと悲鳴をあげた女性のカップルは、実際に未来を殺したのではなく、未来が午後一時十五分ごろ、殺されたと思わせるための偽装工作をおこなった。

だが、それだと団地のひとが女性を目撃したのではないか。

静香はあたらしい疑問にとらわれている。

2

駐車場にもどって車に乗ると、宮之原は渭伊神社の横の道を団地のほうへ向かった。

道は急な登り坂になった。

天白磐座は高さ約四十メートルの小丘陵のうえにある。その丘陵のうしろ半分を宅地造成したのだから、道が急な登り坂になるのは当然であった。

道路の右手は急斜面で、住宅は三、四軒しかなく、左側は路地のような道が並行して三本つけられていて、十二、三軒の家が建っていた。

どの家も瀟洒《しょうしゃ》といってよいだろう。そとからみると洋風の現代的な造りであった。

道は磐座のある丘陵を巻くようにつづき、登りきったところで、通行止めの鎖で閉鎖されていた。

宮之原は車をとめた。

すぐ左手に林の木立をとおして、ぼんやりと磐座がみえる。

渭伊神社の境内のほうから登ると、無気味なほど荘厳な磐座が、こちら側からみるとなんでもない民家の裏山でしかなかった。

「むかしなら祟《たた》りを恐れて宅地開発なんかしなかったでしょうが……」

宮之原はいたましいものをみるように住宅群と磐座を交互にみつめ、

「あの道を降りて行ったんじゃないかな」

磐座の西北にあたる斜面を指さした。

住宅群とは反対の方角へ急な斜面をくだって行く小道があり、くだり切った裾を小川が流れ、ちいさな橋がかかっていた。

井《い》の国橋《くにばし》というたいそうな名前がついているが、橋の向こうの中学校から、社会科の勉強に磐座へくるのに便利なよう、つくられた手づくりふうの橋であった。

「するとカメラマンふうは白いワゴンをあのあたりへまわして、悲鳴をあげた女のひとを乗せ、それから逃げたんですか」

静香は中学校の先を指さした。

むかし田んぼだった広い一画が宅地化されようとし、家が建たない空き地のまま放置されていた。

磐座のうしろ半分が宅地化されたのはバブルのころだった。不自然な土地に家が建ち、建ってよさそうな土地が空き地のままであった。

「そんなとこでしょう」

宮之原はうなずいた。

「それ、捜査本部も知ってるんですか」

「知っています。目撃者はいなかったようですが、未来さんの殺されたのが十二時前後なのは確かですから、ほかに考えようがないですね」

「そんなに簡単にみやぶられることを、犯人は知らなかったのでしょうか」

静香は犯人が哀れになった。

カメラマンふうと悲鳴をあげた女性、共犯をつくり、手の込んだお芝居をしたつもりが、何の効果もなかった。

それどころか、十二時のアリバイを追及されると、防御のしようがないことを白状する結果を生んだ。

犯人は二重の失敗を犯したわけだ。

「現場は分かりました。あなたのお店でお茶でもご馳走になりながら、小田切諒輔くんのお話をうかがいましょう」

宮之原は車をUターンさせた。

「警部さん、諒輔のことをご存じなんですか」

静香は思わず息を飲んだ。

諒輔のことは何ひとつ話していない。宮之原の口から諒輔の名がでたのに驚いたのだ。

「昨日、警察庁であなたの電話を受けた女性がいたでしょう。彼女は広域捜査室長なのですが、警察庁長官官房の秘書課長を兼ねていて、全国の警察に連絡をとり、現在起きている事件の情報をリアルタイムでとることができるのです」

と、宮之原はいった。

「すると、わたしが村松刑事さんに聞かれたことなんかは全部、ご存じなんですか」

「必要なことはね」

宮之原は微笑しながらこたえた。

「ずるい……」

静香は胸を衝《つ》かれた。

これだから名探偵は油断も隙もないと思った。

事件は解明してほしいが、諒輔が犯人なのは困る。

ただ、諒輔にはアリバイがある。事件当日の十二時には東名高速の静岡市付近を走行中であった。

警察は先まわりして、天白磐座遺跡で未来を殺したのではないかと、飛躍したことを考えているらしいが、真っ赤なフェラーリが引佐町を走っていたら、その日のうちに町中の話題になっているはずであった。

「諒輔くんは牧山未来さんと知り合いなんですか」

静香の店のカウンターで、宮之原はたずねた。

「全然……」

静香はカウンターのなかで、お茶をいれながら首を横に振った。

「未来さんは結婚するためにタレントをやめるのでしたね。相手は誰なんです？」

「高校のブラスバンドで、一年先輩の堀尾秀輝というひとなんですが……」

静香は堀尾のことをありのまま話した。

と同時に、堀尾が話した未来の〃実の父親〃のことも話した。

萌子にとってスキャンダラスな噂かもしれないが、細江では町中のひとが知ってるというのだから、警察が聞き込むのは時間の問題であった。

「分かりました」

宮之原はうなずき、

「じゃあ、堀尾くんから片づけますか」

と、カウンターから腰をあげた。

「住所、お分かりなんですか」

静香がおどろき顔にたずねると、

「案内していただくつもりですが……」

宮之原は澄ました顔でいった。

「そんなのあるんですか」

静香は思わず笑顔になった。

案内をすると、堀尾の事情聴取に立ち会うことになる。宮之原の捜査を横でみまもるようなものであった。

堀尾の家は天竜《てんりゅう》浜名湖鉄道の気賀駅のちかくだと、萌子から聞いていた。

それだけでは頼りなかったが、迷ったら携帯電話で聞けばよいのだ。こんなチャンスをみ逃す手はない。

宮之原の車の助手席に乗り込み、ナビゲーション役を務《つと》めることにした。

車は龍潭寺とセットになった井伊谷宮のまえをとおって、細江へ向かった。

井伊谷宮は桜が満開であった。

龍潭寺の駐車場には観光バスが三台とマイカーが数台とまっていた。

そこをとおりすぎると細江まではほんの数分で、和菓子の丁子屋のある気賀の辻を駅のほうへたどると、左手に堀尾と表札のでた家のまえにでた。

「ここだと思うのですが……」

静香は車を降り、先に玄関をはいり、

「ご免ください」

声をかけると、当の堀尾秀輝が顔をだした。

「警察のひとが未来さんのことを聞きたいって」

と、いってるうちに宮之原がはいってきて、

「警察庁の宮之原といいます」

名刺を差しだした。

堀尾は宮之原をみただけで青くなった。

「事件があった日に舘山寺温泉の旅館で、牧山未来さんと会う約束をしてたそうですね」

宮之原がたずね、

「はい。そうです」

堀尾はこたえた。

「未来さんとはどういう関係でした？」

「どういう関係といわれても……」

「未来さんはタレントをやめて、結婚するといってたそうです。その相手があなただったのかと聞いているのです」

宮之原は堀尾をみつめた。

堀尾は固い表情になり、

「だから、それを話し合うために湖山荘で会う約束をしたんです」

と、いった。

昨日、静香に話したのとはニュアンスがかなり違っていた。

「湖山荘で会おうといいだしたのは未来さんなのか、きみなのか。どっちです？」

「未来さんです」

「ということは未来さんのほうが積極的だったわけですね」

「湖山荘で会おうという点ではそうです」

堀尾は歯切れがわるくなった。

「よく分からないな。きみと未来さんは愛し合っていたのですか、どうです？」

「ですから、未来さんは売れっ子でしょう。忙しいからそんな時間がないんです」

「時間がなくたって、それでも会いたい、一緒にいたいのが愛情だよ」

宮之原はすこしじれったくなってきたようだ。

「はい。そうだと思います……」

堀尾は目を伏せた。

静香が横から口を添えた。

「高校のころ、あなたと未来さんのあいだに愛情なのか、親愛の情なのか、気持ちのつうじ合うものがあった。東京で再会して、あなたはその関係をつづけたい、育てたいと思ったけど、未来さんはその気持ちになれなかった。そうじゃないの」

「ええ、まあ……」

堀尾は不承不承うなずき、

「でも、湖山荘で会おうと電話してきたのは未来さんです」

と、胸を張った。

宮之原はその堀尾にたずねた。

「きみは湖山荘で二時から待っていたそうだね。湖山荘へ行くまえだが、十二時ごろ、どこで何をしていた？」

「さあ、どこにいたのかな。あの日は何だかすごく興奮していて……」

「興奮するのは分かるが、わたしはアリバイを聞いてるんだ。金銭、怨恨、愛情のもつれ……。計画的な殺人事件の原因はほとんど全部、この三つだ。きみの場合は愛情のもつれだな。未来さんを殺す動機は立派にあったようだね」

「とんでもない！」

堀尾は飛びあがりそうになった。

「十二時にどこにいました？」

宮之原は重ねて聞いた。

「思いだしました。浜松へ花を買いに行きました」

「浜松？」

「国道沿いの花丘《はなおか》という店です」

「花屋はこの町にだってあるでしょう」

「ええ……」

堀尾は頬をひきつらせ、

「細江で買うのは恥ずかしかったんです」

と、いった。

二十一歳というのは、こんなものだろうか。静香は馬鹿馬鹿しくなってきたが、宮之原は、

「で、未来さんが結婚しようと思いつめていた相手はなんという男性です？」

と、たずねた。

「知りません。ほんとです」

堀尾は震えながらこたえた。

「名前は知らなくても、言葉の端々からおぼろげに想像がつかなかったですか」

「それは恰好いいタレントなんじゃないですか。未来さん、恋愛について話すとき、夢をみるような目になりましたから……」

堀尾は苦い口調でいった。

「もうひとつだけ聞かせてほしい。未来さんと引佐町の天白磐座遺跡へ行ったことがありますか」

「あります」

堀尾は急に目を輝かせた。

「なんのためです？」

「なんのためって……。デートで……、あそこでファースト・キスをしたんです」

堀尾はそれこそ、夢みる目になった。

「ご馳走さま」

宮之原は苦笑を洩らし、玄関をでた。

3

「未来さんはどうして湖山荘で会おうといってきたんでしょう？」

堀尾の家をでると、静香は宮之原にたずねた。

「あなたはどう考えます？」

宮之原は逆にたずね返した。

「さあ……」

静香には分からないが、堀尾がどこまでほんとうのことを話しているのか。それが疑問であった。

電話が一本あっただけで舞いあがって、浜松まで花を買いに行ったのだ。未来はそういう純情さに辟易したのかもしれない。

だとすると、結婚する相手と一緒に湖山荘へ行き、堀尾に決定的な愛想づかしをするつもりだったのではないか。

そう考えながら助手席にすわると、

「この先に何があるのですか」

宮之原は南の方角へ顔を向けてたずねた。

百メートルほど先が天竜浜名湖鉄道の踏切で、一輛だけの気動車《ディーゼルカー》がのどかにとおりすぎて行った。

「あの先が気賀の関所です」

「ほう……」

「でも、観光用に復元したものですけど……」

「ちょっと寄ってみましょう」

宮之原はそういい、車をスタートさせた。

もともとの関所は、気賀の辻のちかくにあった。

現在の関所は平成元年につくられたもので、町おこしの観光用のものであった。観光という点では姫様道中のほうがはるかに先にはじめられた。今年が五十一回めだから、静香が生まれるずっとまえからおこなわれている。姫様道中が年ごとに華やかになり、関所がないのでは話にならない、ということで復元されたのだが、元あった気賀の辻は賑やかな商店街になってしまい、やむなく町はずれに建てたのだ。

堀尾の家から南は家もすくなくなり、天竜浜名湖線の南側は埋め立ててつくられた土地で、町役場や警察署、図書館などが集まっている。

その一画に広大な駐車場つきで関所が静まり返っていた。

広々とした敷地、木組みや白壁のあたらしさ。爽《さわ》やかには違いないが、歴史の重みを感じさせない関所であった。

宮之原は車から降りてまでみる気はないらしく、

「復元するのはいいのですが、立派にしすぎるのはいけませんね」

関所の門を眺めながらいった。

門はともかく、門へつうじる石畳がひろくて立派すぎた。石畳の両側に植えられた松が、建物や石畳にくらべると貧弱であった。

あと二十年もすれば、建物に時代がつき、松もぐっと大きくなって風格を持つようになるだろうが、いまのところはテーマパークめいていた。

「東海道の新居の関所が、入り鉄砲に出女《でおんな》の取調べが厳重だったから、こちらが姫街道になったというのは、嘘だそうですよ」

静香がいった。

入り鉄砲は江戸へ向かう鉄砲のことであり、出女は江戸から西国へと向かう女性のことだ。

江戸時代、大名の奥方は江戸に住むことが義務づけられていた。いわば人質として、徳川幕府がキープしていて、奥方や姫が身分を隠して脱出するのを新居の関所が、厳重に監視していたというのだ。

「それはそうでしょう。新居の関所がきびしくて、こちらの関所は手加減をしたとは思えませんね」

「そうなんです。東海道は浜名湖の入口を船で渡るでしょう。むかしは着物でしたから、船の乗り降りなんかが大変で、女性に敬遠されたらしいんですが、もうひとつ、ひね街道が訛《なま》って姫街道になったという説があります」

静香はその説が好きであった。

ひね、つまり古い街道という意味だ。

万葉集《まんようしゅう》におさめられた和歌が、東海道にはなく、こちらの街道には二首か三首ある。細江の隣町の三ケ日《みっかび》町は〝三ケ日原人《げんじん》〟で、かつては教科書にまで載ったことがある。実際は原人ではなく、縄文《じょうもん》人だったようだが、引佐の史蹟の多さから考えても、こちらのほうが先にひらけたのではないだろうか。

万葉のむかしまで遡《さかのぼ》ると、こちらが東海道の本家だったというのが、住民である静香の心をくすぐるのだ。

「この先は浜名湖ですか」

宮之原は関所に向かって左手を指さした。

「そうですけど、そこの土手は都田川です」

と、静香はこたえた。

これも郷土自慢かもしれないが、都田川という名前が好きであった。

万葉のむかし、都田川の河口に澪《みお》つくし（航路標識）が立っていて、それを詠んだ歌に、

遠江《とおとうみ》引佐《いなさ》細江《ほそえ》の澪つくし

吾を頼めてあさましものを

と、いうのがある。

引佐細江は浜名湖の東北、引佐郡に切れ込んだ細い入江という意味で、東名高速道路でもっとも景色がよいといわれる浜名湖サービスエリアからみえる入江がそれだ。

その澪つくしを信頼して、舟を漕《こ》いでいるのに、意外に浅いところに立ってるのですね、という意味だろうか。

澪つくしにことよせて、恋の心の浅さを恨《うら》んだ歌だと思うが、いまの静香にはどことなく意味ありげに思える。

諒輔に対する静香の気持ちもそうなら、未来に対して堀尾はそう恨んでいるだろう。未来は未来でタレントをやめてでも結婚したいと思いつめ、その直前に命を奪われた。

未来の命を奪ったのは誰なのか。

堀尾は間違ってもそんな迫力がありそうに思えないが、遠山社長なのか畑中久枝なのか。諒輔が天白磐座へきたのは、まったくの偶然なのか。

あやしい人物はすくなくないが、静香には推理も推測もできない。

「じゃあ、諒輔くんに会って、話を聞きましょう」

宮之原はいい、

「どこにいるか、連絡をとります？」

静香は携帯電話をとりだした。

「とってください」

「はい」

静香は諒輔の携帯の番号をおした。

諒輔はすぐにでた。

「わたし……。ご推薦のシャーロック・ホームズもエルキュール・ポアロも裸足で逃げだす名探偵が、諒輔に会いたいって……。いま、どこにいるの」

「ホテルにいる。退屈で退屈で死にかかってる。名探偵、大歓迎だ」

「じゃあ、三十分ほどしたらラウンジにきて」

静香はそう告げて電話を切った。

宮之原は車を発進させた。

都田川にかかる落合橋をわたると、道は登り坂になり、高原状の台地を走ったが、やがて道路の片側に松並木がつづくようになった。

現在は県道磐田細江線、松並木はかつての姫街道の名残《なごり》であった。

道は東名高速道路の下をくぐり、姫街道と分かれて国道へはいった。

「警部さん！」

静香が声をあげて道路沿いの花屋を指さしたのはその直後であった。

花丘——。

堀尾が未来にプレゼントする花を買いにきた店であった。

「たしかめるまでもないと思いますが……」

宮之原はそういいながら、花丘に車をつけた。

花屋というよりはフラワーギフト専門店といった感じの近代的な店だったが、店員は堀尾を覚えていた。

赤と白のバラを五十本、買って行ったそうだ。

堀尾が事件当日の正午ごろ、浜松にいたことは事実だった。

残る容疑者は遠山社長と畑中久枝、それに諒輔の三人と、まだ捜査線上にうかんでいない〝未知の人物〟だと考えるしかなくなった。

4

浜松グランドホテルのラウンジで諒輔は待っていた。

初対面の挨拶《あいさつ》がすんで椅子にすわると、宮之原は車のダッシュポケットから持ちだしてきた紺《こん》色の缶のようなものを、テーブルのうえに置いた。

静香はなんだろうと思ったが、諒輔は、

「警部さん、缶ピースを持ちあるいてるんですか」

おどろいたようにたずねた。

「わたしはこれが好きでね。ほら……」

宮之原はそういうと、缶ピースの蓋《ふた》を開けた。

なかにはアルミ箔《はく》だろうか。鈍く光る内蓋が貼られていた。宮之原は外蓋の裏についた爪を引きだし、内蓋に突きたてると缶詰を切るようにぐるりとまわした。

蓋をとると内蓋は丸くカットされて落ち、馥郁《ふくいく》とした香りが立ちのぼった。

甘さと渋さが入り交じったおとなの香りであった。煙草の匂いだが、ミックスされた香料とよく溶け合って、よほどの煙草嫌いでも、この匂いはいやだといわないだろう。

「いい匂い……」

静香はつぶやいた。

おとなの男性の匂いであった。

「封を切るときが一瞬の至福でね。これに魅入られて持ちあるく羽目になってしまいましてね」

宮之原は照れ笑いをうかべ、

「失礼しますよ」

一本を抜きとってライターで火をつけた。

百円ライターであった。

「そのライターじゃダメですよ。ジッポーがいいんじゃないですか」

諒輔がいった。

「そうしたいところだが、わたしのようなヘビースモーカーになると、オイルがすぐなくなってね。オイルまで持ちあるかなきゃならなくなる。ヘビースモーカーにはこれが一番なんだ」

宮之原は百円ライターを振ってみせた。

百円ライターはたしかに似合わないが、宮之原が持つとどことなく愛嬌《あいきょう》があった。

「で、きみにたずねるが、牧山未来という女性を知っているのですか」

宮之原は本題にはいった。

「知ってるわけがないですよ。ぼくはテレビもあまりみないし……」

諒輔がこたえた。

「これは重要なことなんだ。後になって知ってましたじゃすまない。率直に話してほしいんだがね」

「知りません」

諒輔は断言した。

「未来さんには結婚を前提にした恋人がいた。それが誰なのか。未来さんが赤いフェラーリに乗っているのを遠山プロの社長がみたといっているよ」

宮之原は柔らかい口調で再度たずねた。

静香は思わず諒輔をみつめた。決定的な証言ではないかと思った。

「それは村松さんという刑事さんから聞きましたが、遠山という社長がそんなことをいっているのですか。だいいち赤いフェラーリはぼく一台じゃないでしょう。どういう意図でそんなことをいったのか知りませんが、それだけのことで未来さんと関係があった、ぼくが殺したと決めつけられるのは迷惑です」

「そうかね。きみは女性にもてそうだ。もてた実績もあるようだね。赤いフェラーリがナンパのアイテムで、たまたま牧山未来と知り合い、恋愛関係にあったとしても、それはそれでいいじゃないか。そのことと今度の殺人事件は別の次元だ。きみが率直に話してくれると、わたしたち捜査員は、その前提に立って捜査ができるのだがね」

「いえ。ぼくは牧山未来となんの関係もありません。これははっきりいっておきます」

諒輔は紋切り口調でいった。

静香はその諒輔の態度に嘘を感じた。

未来と諒輔が恋愛関係だったというのは、たしかに突飛《とっぴ》には違いないが、未来が殺された日に、諒輔が東京からわざわざきたのは偶然だろうか。

まして、本来なら行かなかったはずの天白磐座という特殊な場所で、殺されている未来を発見した。

それが、まったくの偶然とは、静香も考えられなくなっている。

諒輔が未来を殺したとは思ってないし、アリバイだってあるのだ。

事件があった日、未来をめぐってなんらかの動きがあった。諒輔はそれをなぜ認めることができないのか。

静香は深刻なものを感じていた。

ところが、宮之原は違っていた。

「きみはホストクラブにいたことがあるそうだね」

と、話題を変えた。

「いけませんか」

諒輔は挑戦的な口調でこたえた。

「わたしの美意識にはそぐわないが、いいか悪いかはひとそれぞれが決めることだ。わたしが聞きたいのは、そのことじゃない。あそこは先輩と後輩の序列が、体育会系なみにきびしいと聞いたのだが、そうですか」

宮之原は捜査とはあまり関係なさそうなことをたずねた。

「そのとおりでした」

諒輔は苦い顔になった。

思いだしたくないことがあったのだろう。

「きみは耐えたのですか」

「耐えたというんじゃないですね。うまくやったつもりですが……」

「うまくやれるものですか？」

「ぼくはあの世界に腰を落ち着ける気持ちがなかったから……」

「なるほど。フェラーリを手にいれればいい。本命はフェラーリでつかまえる。そう考えたのだね」

　宮之原は微笑みながらいい、

「そのとおりです」

　諒輔も微笑でこたえた。

「きみの理想の本命はどういう女性です？」

　宮之原がたずね、諒輔は静香へ顔を向け、

「このひとですよ」

と、いった。

　静香は苦笑した。

　諒輔が気をつかってくれているのは分かるが、静香は真っ赤なフェラーリに惹《ひ》かれる性格ではなかった。四輪駆動のワゴン車がいい。

　息子の翔太を乗せて自然のなかへ行きたい。

　キャンプや野外の遊び。

　真っ赤なフェラーリとは正反対の嗜好《しこう》の持主であった。

　諒輔は静香に〈ご免よ〉というように目をそよがせ、

「ぼくらがおとなになったのは不況の真っ最中で、世の中、勝ち組と負け組に色分けされる時代だったでしょう。勝ち組にはいらなきゃ話にならない、すべては勝ち組になってからだ、そんな強迫観念がしみついているんです」

と、いった。

「ほう……」

宮之原はうなずいた。

「それにぼくら、将来を信じることができないんです。ほんのひと世代まえの先輩たちは、定年退職したときの退職金から、老後の年金まで計算したと揶揄《やゆ》されたものですが、ぼくら、一流企業に勤めたとしても、三年後、五年後に会社が存続してるかどうか分からない時代でしょう」

「だから……」

「会社も信用できない。年金もどうなるか分からない。だとしたら、自分の人生は自分で切りひらくしかないじゃないですか。それも、急がなきゃならないんです」

「急ぐ?」

宮之原がたずねた。

「ええ。三年後、五年後、どうなってるか分からないのは企業だけじゃないと思うんです。社会だってどう変わってるか分からない。いや、日本という国や世界が存続してるかどうか。それだって疑問じゃないですか」

「だから？」

「だから、急ぐんです。こつこつと努力してたんじゃ間に合わない。ぼくの魅力を最大限にアピールして、可能なかぎりの地位なり資産なりをつかむんです。そこから人生を出発させないと、社会の変動に遅れてしまいます」

「ということは、真っ赤なフェラーリを最大限に生かして、地位なり財産なりを持っている大金持ちの令嬢をつかまえる。そこから人生をスタートさせるということですか」

「はやくいえばそうです」

「情《なさ》けない男だな」

宮之原は明るく笑った。

「なんといわれてもいいですよ。ぼくは負けたくないんだ。一度だけの人生ですからね。絶対に勝つつもりでいます」

諒輔は胸を張った。

チャットのなかでみた諒輔とは別人であった。一昨日、浜松西インターで会って、天白磐座遺跡へ登った諒輔とも違っていた。

小憎らしいほど生意気だったが、同時にこれほど真剣な諒輔を静香ははじめて知った。

「いま話したことを翻訳すると、牧山未来と恋愛はした。だが、未来には利用できそうな地位も財産もないことが分かった。それで、成金の令嬢に乗り換えた。だが、未来は別れてくれない。だから、知恵のかぎりをつくして殺した……。こういうことじゃないかね」

宮之原はドキリとするようなことをいった。

もっともドキッとしたのは静香だけで、諒輔は落ち着いていた。

「ちがいます。牧山未来というタレントと恋愛していたとしたら、そういうストーリーになったかもしれません。残念ながら牧山未来との出会いがなかったんです。警部さんの仰るようにはなりたくてもなれなかったのです」

「分かった」

宮之原はテーブルから立ちあがると、

「どうします」

静香にたずねた。

引佐の家まで送って行くつもりだが、ここに残るのも静香の自由だ。

目がそうたずねていた。

「諒輔、わたし、今日の諒輔、きらいよ」

静香はそういうと、

「送っていただきます」

宮之原にお辞儀をした。

バスで帰ってもよいのだが、それだと隠れて諒輔と会ったと思われるかもしれない。

宮之原には迷惑かもしれないが、ここは引佐まで送ってもらうのがいい。

静香はそう考えた。

5

来た道を引佐へと引き返す車のなかで、

「諒輔が犯人なんですか」

静香は宮之原にたずねた。

「心証としては違いますね」

宮之原はそうこたえ、

「何にこだわっているのか分からないが、捜査に協力してもらえなかった。諒輔くんが犯人である可能性の捜査をしなければならなくなりましたね」

と、苦笑した。

「どういう可能性だと犯人なんですか」

「そうね……。事件当日の正午前後に天白磐座に、未来さんと一緒にいたこと……。これが第一条件ですね」

「諒輔、その時刻に、わたしに『いま、静岡市を通過した』と電話してきました」

「午前十時に東名高速にのったのでしたね。当日、三月三十一日の高速道路の車のながれから調べなければなりませんが、天白磐座に正午前後にいるためには、浜松西インターまで一時間半で飛ばさなければならない……」

宮之原は首をかしげた。

三月三十一日は各地の桜が満開であった。

よく晴れた行楽日和《びより》。東名高速は車が多かったはずだ。

しかも、天白磐座で牧山未来を絞殺したあと、ただちに東名高速道路へもどらなければならなかった。

一時に静香と待ち合わせている。静岡からあとは刻々居場所を電話してきた。

高速道路にもどり、浜松西インターを降りてこないことには、刻々の電話が嘘になるのだ。

「でも、一時十分ほどまえに浜松西インターから降りてきたのは事実なんです」

静香はいった。

「ええ。それもクリアしなければならない条件です。正午前後に天白磐座にいて、浜松西のひとつ東京寄りのインターから高速の下り線にはいり、一時十分まえに降りてくる。それが可能かどうか……」

不可能だと静香は思う。

普通の車ならともかく、真っ赤なフェラーリなのだ。静香が乗って引佐へ向かったとき、道で会ったひとたちの誰もが、何が起きたのかという顔でみつめた。

そのフェラーリが浜松西インター、天白磐座遺跡、浜松インターとぐるぐる走りまわったとすると、目撃者が山のようにでてくるに違いない。

宮之原もおなじことを考えたようだ。

「真っ赤なフェラーリが吉とでるか凶とでるか。捜査本部もいまごろ、振りまわされてるんじゃないかな」

と、つぶやいた。

「ですけど……」

静香は宮之原の横顔をみつめ、

「諒輔のような考えを持つ若いひとが多くなってるんでしょうか」

と、たずねた。

事件のことも気になるが、諒輔の考え方はもっと気になる。

「多くはないでしょう」

宮之原はこたえた。

「そうでしょうね」

「しかし、賛成できる、できないは別として、自分の考えを持つことはいいことですよ」

「ですけど……」

「人間のほとんどは、自分はどう生きるか、そんなことは考えないものですよ。その時代の雰囲気というものがあって、一流大学、一流企業、波風のない平穏な暮らし……。いままでは、みんな、そんな人生を夢みてきたでしょう」

「ええ……」

「そんな時代はすぎ去った。それだけは確かだと思う」

「これから、どうなるんです?」

「分かりません」

宮之原は素っ気なくいい、

「もっともっと嫌な世の中になって行くんじゃないですか。いまは偉いひとたちが無責任になったでしょう。政治家はもちろん、官僚も企業のトップも、モラルを失いましたね。これだけモラルがなくなると、社会は糸の切れた風船のようなものです。どこへ飛んで行くかわかったものじゃない。諒輔くんじゃないが、三年後、五年後、世界がどうなっているか、誰にも分からないんじゃないかな」

「そうですけど……」

静香は重い気分になった。

静香が子供のころ、十年先の日本、世界、地球はバラ色に輝いているのが常識であった。

科学技術が発達し、すべてが便利になり、福祉が行きとどき、誰もが幸せに暮らす。

それは半分、そのとおりになった。

十年まえには静香の身辺になかったパソコンや携帯電話が、いまではあたりまえになった。確かに便利にはなったが、幸せになったかというと、そちらは疑問であった。

携帯電話をつかったワン切りという〝犯罪〟が、こちらの意思を無視してかかってくる。

こちらも無視すればよいのだが、何の用なのかと掛けなおすと、エッチなテープがながれ、法外な電話料を請求される羽目になる。

ワン切りをする業者がよくないのはもちろんだが、そういうシステムをつくったNTTは責任がないのだろうか。

〈いまは科学技術の時代です。便利にするのは企業の責任、それをどう利用するかは消費者の自己責任です〉

企業も官庁もそういうが、次から次へと新手の便利な〝詐欺もどき〟が登場し、油断も隙もない時代になって行く。

強い者、大きい者にとって有利で、弱い者、小さい者は抵抗のしようがない。そんな時代になって行ってるのは事実だと思う。

福祉なんか流行おくれの寝言のように感じられるのは、静香の錯覚だろうか。

もっとも、そういっている静香自身、年齢を偽り、仮名をつかってチャットを楽しんでいる。

世の中、どう変わって行くのか、考えると恐ろしくなるのは事実であった。

「わたしもふくめて、ひとりひとりが自覚しないと、世の中、どんどん悪くなりますね」

静香は反省をこめていった。

「それは違いますよ」

宮之原は反論した。

「どうして?」

「一億二千万人の日本人がひとり残らず自覚し、責任をもって行動することなんか夢のまた夢でしょう。そんなことが可能だったら、政治家はいりません。政官財のリーダーがしなければならないのは、こうすれば国民が幸せになる、快適に生きて行けるというシステムを考え、提示することです。国民ひとりひとりの自覚というのは、あのひとたちの逃げ口上ですよ」

「…………」

静香は思わず宮之原をみつめた。

どうやら、宮之原は普通の刑事でも警察官でもないようだ。

心からそう思えてきたのであった。

6

事態ががらりと変わったのは翌日であった。

といっても、変化は静香が知ることのできないところで起きていた。

テレビの昼のローカルニュースが、この六日と七日におこなわれる姫様道中の役づけの発表会を画像でながした。

事前の話では牧山未来が六、七の両日、お姫さま役をつとめることになっていたが、急遽、変更しての発表であった。

姫様と上﨟《じょうろう》ふたり、それに小姓《こしょう》。

上﨟とはお局《つぼね》さんのことだ。

その四人が姫様道中のスターと準スターで、六日の土曜日と七日の日曜日のそれぞれ四人、合わせて八人の役が発表になり、テレビが紹介したのだ。

土曜日の姫様は畑中瞳であった。

畑中瞳は『姫様道中　姫様』とプリントされた襷《たすき》をして、畏《かしこ》まってテレビに映《うつ》っていたが、その直後に一一〇番通報がはいった。

「天白磐座遺跡で若い女性が殺された日の一時二十分ごろ、遺跡の西の『井の国橋』の先で、お姫様に当選した女の子が逃げて行くのをみた」

と、いうものであった。

通報は即座に細江警察署に置かれた捜査本部へ転送され、捜査員は押《お》っ取《と》り刀《がたな》で気賀の辻の丁子屋へ飛んで行った。

姫様道中の役をめぐって畑中瞳と牧山未来のあいだに争いがあったことも、未来のじつの父親が畑中浩志《ひろし》であることも、町ではよく知られていた。

その当事者である牧山未来が殺され、畑中瞳がその事件に関わっていたらしいのだ。

三月三十一日の正午前後、どこにいたか。

捜査員は瞳に任意同行を求め、きびしく問い質《ただ》した。瞳は知らない、関係ないと抵抗したが、通用しなかった。

連れて行かれた細江警察署の捜査本部で、天白磐座遺跡で撮影をしようとしたところ、牧山未来の遺体を発見したと、供述した。

関わりになることを恐れて逃げただけだというのだが、瞳には暴走族だった前歴があり、カメラマンを装っていた男が、浜松に住む土屋徹《つちやとおる》という暴走族仲間であることが分かった。

瞳は事件当日の十二時に土屋のアパートへ行き、天白磐座遺跡へ向かった。途中、昼食をとったため、到着したのはほぼ一時前後で、撮影をしようと遺跡へ登ったところ、牧山未来の遺体を発見したというのだ。

捜査本部は色めき立った。

牧山未来の死亡推定時刻は十一時から十二時前後とされていた。

つまり、静香と諒輔が発見した午後一時より、すくなくとも一時間まえであり、それに幅をもたせて十一時から十二時としていたのだが、未来を殺した犯人が土屋である可能性がでてきた。

十一時ごろ、土屋が未来を殺し、なにくわぬ顔でアパートへもどり、畑中瞳と一緒にもう一度、天白磐座へ行ったことが考えられたからだ。

理由はもちろん、おなじ日に二度も天白磐座へ行くわけがないと、瞳に思わせるためだという説が有力であった。

捜査員は土屋のアパートへ向かった。

土屋は留守であった。

事件のあった日、いったん帰宅したが、夜になってから車で外出したきり、帰ってこないという。

今日は四月三日、外出した夜からまる二日と半日がすぎている。

土屋は逃走したのか。殺された可能性まで視野にいれなければならない状況になった。

しかも、瞳は土屋にたのまれて、天白磐座で撮影することを承知したが、土屋が誰に依頼されたのかは知らなかった。

捜査本部は緊急の捜査会議をひらいた。

「牧山未来の殺害を、土屋に依頼したのは瞳の母親の久枝ではありませんか」

と、主張したのは村松刑事であった。

「しかし、それなら、娘の瞳を天白磐座へ行かせるような危険なことはしないだろう」

同僚の捜査員がたずね返し、

「土屋はあとになって、久枝が牧山未来の殺害の依頼などしてないといいだすのを恐れ、瞳を撮影の名目で〝人質〟にしたのです」

村松はいった。

瞳は牧山未来の殺害そのものにはくわわっていない。土屋が誰に依頼されて撮影をするのかも知らない。だが、土屋のほうは久枝の出方次第で瞳を巻き添えにすることができる。

「よし、そのセンを徹底的に追及しろ」

主任捜査官が決断し、捜査の主たる対象は畑中久枝親子に移って行った。

その動きが警察庁から宮之原に伝えられ、静香が知ったのは午後三時すぎであった。

「瞳さんだけ、渭伊神社のほうへ逃げなかったのはどうしてですか」

静香がたずねると、

「鋭いですね」

宮之原は電話の向こうでお世辞をいった。

「土屋ってひとにそうしろといわれたんですか」

「ますます鋭い。そのとおりでしょう」

「それはなんのためです？」

「畑中瞳は自分でもわからずに、井の国橋のほうへ逃げたといっています」

「社務所で遊んでいた高校生に、カメラマンが女性を殺したと思わせるためだったんじゃないですか」

静香はそう考えたが、すぐに、

「警部さん、そうじゃないわ。瞳さんが渭伊神社のほうへ降りてきたら、わたしと鉢合《はちあ》わせしていました」

と、考えを訂正した。

「あなたは畑中瞳と顔見知りなんですか」

「そうじゃないけど、未来さんのお母さんとよく会ってるでしょう。ですから、一度や二度、何かのときに会ってるかもしれない……」

「なるほど……」

宮之原はうなずいた。

天白磐座から土屋と一緒に、瞳が駈け降りてきて、静香が畑中瞳ではないかと気づいたとすると、静香も諒輔も疑われなくてすんだ。

第一発見者は瞳たちふたりであった。

「でも、そうだとすると、土屋ってひとは、わたしたちがあとを追いかけるように、天白磐座へくることを知っていたことになりますね」

静香はそういい、いったあとでしまったと思った。

静香は渭伊神社へも天白磐座へも行く気持ちはなかった。

興味を持ったのは諒輔であった。

静香は成り行きのままに渭伊神社へ行き、天白磐座遺跡へ登っただけのことで、その原因をつくったのは諒輔であった。

諒輔は土屋と知り合いなのではないか。天白磐座へ行くことを、諒輔が土屋に話していたのではないか。もっといえば、土屋をつかって諒輔はアリバイを偽装しようとしたのではないか。

静香のひと言は、宮之原にそう告げたのもおなじだと思ったのだ。

ところが、電話の向こうの宮之原は、

「捜査本部は土屋の犯行のセンを追うと決めたから、わたしはもうすこし、諒輔くんの身辺を捜査します。それには遠山社長に会って話を聞く必要があります。明日、東京へ行きますが、あなた、どうします？」

と、たずねた。

「東京で何日ぐらい捜査します？」

静香は息子の翔太を思いながらたずねた。

いまは春休みだから、二日か三日なら親戚に預かってもらうことができる。

東京へ最後に行ったのは、翔太が生まれるまえだから、もう十年以上まえだ。

東京へ行けると思うと、このチャンスを逃す手はないという気持ちになった。

静香の年齢の女性にとって、東京はやはり魅力的であった。

「明日と明後日《あさって》、二日あればいいでしょう」

「でしたら、連れて行ってください」

静香はいった。

東京は魅力的だが、それ以上に宮之原の捜査が気になっている。

諒輔は完全にシロなのか。

遠山はどうなのか。

畑中久枝のセンは……。

静香は久枝のセンは現実的でないと思っている。

田舎は都会とちがって人間関係が密だから、そのためのトラブルや鬱陶《うっとう》しさがつきものだが、それを爆発させない知恵も培《つちか》われている。

隣の家のピアノがうるさいとか、些細《ささい》なことでの殺人事件が都会ではよくあるが、田舎町にないのはその証明であった。

萌子にしろ久枝にしろ、相手が気に障《さわ》るからといって、家や職業を投げだして移転するわけにいかないのだ。

静香にしてからが、別れた夫が目と鼻の先の浜松にいる。

恨みもつらみも山ほどあるが、静香の周囲のひとたちがそれを優しく包んで、孤立した思いにさせないよう気を配ってくれる。

理屈っぽい言葉でいえば、〝村落共同体〟がそれなのだ。

村全体が個人を包んでくれる。

それは、ある意味で鬱陶しいが、久枝も萌子もその鬱陶しさのなかで生きてきたのだ。

細江という町の住民同士の殺人事件は、村落共同体が機能しているかぎり、起きるわけがない。

静香はそう実感していた。

宮之原との話を終えて電話を切ると、すぐにまたベルが鳴った。

諒輔からであった。

「足止めが解けた。これから東京へ帰る。静香に会いたいけど、どんな誤解をされるか分かんないもんね……」

諒輔は名残惜しそうにいった。

「いいじゃん。さっさと東京へ帰って、若くて綺麗《きれい》な彼女と楽しくしたら……」

静香は突き放すようにいった。

心のなかでは、東京で会って驚かせてあげる……。

と、思いながら。

第4章　東京日比谷《ひびや》・Nシステムが捉《とら》えた諒輔《りょうすけ》

1

翌日の朝、八時半——。

宮之原が車で迎えにきてくれた。

浜松西インターから東名高速に乗った。

東京まで二百四十キロ、こんなながい距離を車で突っ走るのははじめてであった。

よく晴れた日で、風がいくらかつよく、ときどきフロントウィンドウに桜の花びらが散りかかった。

今年はもう桜も終わり。

葉桜の姫様道中になるようだ。

天竜川、磐田、掛川、静岡市と通過し、一時間ほど走って車が由比《ゆい》海岸を通過したとき、宮之原の携帯電話が鳴った。

宮之原は車のスピードを落とし、携帯を取りだすと静香にわたした。

「もしもし、いま、警部さんは運転中ですので……。わたし、沢上静香です」

と、告げると、

「先日、お電話をいただいた小清水《こしみず》峡子《きようこ》です」

澄んだ声がこたえた。

警察庁の広域捜査室長と長官官房の秘書課長を兼ねている女性であった。

「警部と代わりましょうか」

「いいんです。今日発売になった写真週刊誌の『ファインダー』をみるよういってください。用件はそれだけです。ちかくのサービスエリアから、折り返して電話するようにいってください」

「写真週刊誌のファインダーですね」

「そう」

「わたしたち、いま、車で東京へ向かっています。間もなく富士川《ふじがわ》サービスエリアにかかりますから……」

「じゃあ……」

峡子はそういって電話を切った。

静香は言伝《ことづ》てを宮之原につたえ、携帯を手にしたまま、

「小清水さんと仰る方、おいくつですか」

と、たずねた。

澄んだ声と無駄なことを話さないから、冷たくひびくが、才色兼備の女性なのだろう。

「三十二だったかな」

宮之原がこたえた。

「お若いんですね」

「若いし仕事はできるし、すごく人気がありましてね……。わたしがひとりで捜査できるのは、小清水さんがバックアップしてくれているからですよ」

宮之原はルームミラーのなかで、満足そうにうなずいた。

車は由比の海のうえを走っていた。

海と山にはさまれた狭い地を、JR東海道本線と国道1号線が走っていて、高速道路がとおる余地がない。そのため、ここは海上に張りだした形で道路がつくられている。

高速道路の内側に由比漁港があり、いまが旬のサクラエビが岸壁に干されていた。

春と秋の短い期間だけ漁がおこなわれ、釜で茹《ゆ》でられたあと干すのだが、岸壁で干されているのはほんの一部で、ほとんどは富士川河口の河川敷へ運ばれて干される。河川敷がサクラエビのピンク色で染まり、とおくに富士山がうかんでいる映像は、静岡県では毎年、季節になるとテレビが紹介する風物詩であった。

高速道路はまもなくJRの山側に移り、トンネルを抜けるとフロントガラスいっぱいに富士山が浮かびでた。

春だから雲に隠れていると思っていたが、一点の雲もなく晴れあがった富士であった。

車はやがて富士川サービスエリアに着いた。

売店で写真週刊誌・ファインダーを買った。

静香は目次をみて息を飲んだ。

『アイドル牧山未来《みき》・最後のデート』

と、タイトルがつき、見開き二ページで、フェラーリをバックに抱擁《ほうよう》している未来と若い男の写真と、抱擁が終わってふたりがこちらを向いた写真が掲載されていた。男の顔には目隠しがはいっていたが、諒輔なのはひと目でみてとれた。

「警部さん！」

静香は宮之原に週刊誌を手わたし、絶望を嚙んだ。

諒輔は嘘をついた。

牧山未来を知ってるか、何度もたずねた宮之原に、赤いフェラーリは一台ではない、決めつけないでくれといった。

その嘘がばれたのだ。

宮之原は烈火のように怒るかと思ったが、

「やはりそうでしたか」

と、苦笑しただけであった。

「警部さん、怒らないんですか」

「ここで怒ったって始まらないでしょう」

宮之原はそういい、

「事情聴取で嘘をいうと、そのあと何を話しても信用されなくなる。諒輔くんは自分で墓穴を掘ったようなものだが、それはちょっとこっちへ置いておいて、わたしはこの週刊誌が気になります」

と、諒輔と未来の写真を指さした。

「どういうことです?」

「最後のデートとうたっているのだから、牧山未来が殺されたあとで掲載を決めたのは分かるが、もし、未来が殺されなかったとしたら、この写真、掲載されましたかね」

「それだけの話題性があるかということですか」

「ええ」

「どうでしょう」

静香は首をかしげた。

未来が無名の男性とのデートを盗み撮りされるほどのアイドルかというと、疑問であった。

二十歳という年齢がすでにアイドルの枠からはみだしているし、では、スター性があるかとなると、そこまでは行ってなかった。

殺された直後だから掲載されたと考えるほうが正解だろう。

「タレントなら誰でも、読者が興味を持つわけじゃないでしょう」

「ええ……」

「殺されることを予期して、この写真を撮ってあったとしたら、なおのこと大変です。タイミングよく売り込んできた人物がいたのでしょうね」

「ええ……」

静香はハッとするものを覚えた。

売り込んできた人物の狙《ねら》いは何だったのか。

「まさか、諒輔が嘘をついてるのを暴露する……。そうじゃないですよね」

静香は息を飲んで宮之原をみつめた。

「そのとおりじゃないですか」

宮之原はそうこたえ、

「ファインダーの編集部に、この写真をいつ、誰が売り込んできたのか聞いてみる必要ができました」

と、いった。

静香は指をくった。

未来が殺されたのは四日まえであった。

ファインダーが発売されたのは今日だが、印刷にかかったのは昨日なのか一昨日なのか、未来が殺されたあとで売り込まれたとすると、月曜日一日しかないはずであった。

「売り込んだ人物は諒輔を陥《おとしい》れようとしたんでしょうか」

静香は息苦しくなるものを感じた。

そうしてまで諒輔を陥れようとする人物がいるということがショックであった。

畑中瞳と土屋徹の出現で、やっと足止めを解かれた諒輔だが、これでまた容疑を受けることになる。

諒輔の自業自得だが、嘘をついた報《むく》いは大きいのではないか。

今度は足止めではすまず、逮捕されるかもしれない。静香自身も諒輔をどこまで信用してよいのか分からなくなっている。

2

東京にはいるとそのまま首都高速にはいり、神田橋《かんだばし》ランプで降りた。

ファインダーをだしている出版社は一《ひと》ツ橋《ばし》にあった。

宮之原は受付で名刺とファインダーをだし、

「この写真のことでお聞きしたいことがあります。担当の方にお会いしたいのですが

……」

諒輔の写真のページを示した。

「しばらくお待ちください」

受付の女性は編集部へ電話をし、

「いますぐまいりますので、あそこでお待ちください」

ロビーへ手のひらを向けた。

オープンな応接室といった感じで、明るい色彩の椅子とテーブルが配置されていた。
二、三分して四十歳ぐらいのいかにも編集者といった感じの男があらわれ、
「どういうご用件でしょうか」

と、宮之原にたずねた。

痩《や》せて暗い感じの男であった。

「この男性は小田切諒輔といって、牧山未来の事件の第一発見者ですが、警察の事情聴取に牧山未来とのつき合いはないと否認しております。このグラビアが動かぬ証拠になってくれたのですが……」

宮之原は説明し、

「つきましては、この写真を撮られたカメラマンのお話をうかがいたいのです」

と、いった。

「これは柿沼《かきぬま》くんという若いカメラマンが持ち込んできたものでして……」

男はちょっと言葉を切り、

「柿沼くんに警察のひとに話してよいかどうか、確認をとりますから……」

と、すこし離れたところへ立って行って、携帯電話を取りだした。

男はふた言三言、話していたが、話は簡単についたらしく、もどってくると、

「お待たせしました。柿沼くんはいま、九段下《くだんした》の出版社をでるところだそうで、ここへきて、直接、お話をうかがうといっております。五分ほどでまいりますから……」

そういって去って行った。

柿沼がくるまで三分とかからなかった。玄関のすぐ外へバイクで乗りつけた男がいたと思うと、走るように駈け込んできた。

桜が散ったというのにダウンパーカのジャンパーを着込んでいた。ヒゲが濃いのと、バイクで移動するせいか、ジャンパーが埃《ほこり》っぽかった。

熊のような印象がしたが、

「警察の方ですか。ぼく、柿沼といいます」

元気よく名乗った。

年齢はまだ三十になってないだろう。ヒゲのあいだからのぞいている肌が生きいきしていた。

「宮之原といいます。お呼びだてしまして……」

宮之原は名刺を差しだし、

「この写真ですが、いつ撮ったのですか」

と、たずねた。

「撮ったのは去年の十月でした」

柿沼は即座にこたえた。

「こうしてみるとなんでもないようですが、これ一枚撮るのに大変な苦労をするのでしょう。これを撮ったとき、ファインダーが使ってくれる確信があったのですか」

宮之原は単刀直入《たんとうちょくにゅう》にたずねた。

「確信はなかったですね」

柿沼はひと懐《なつ》っこい微笑をうかべ、

「ただ、この写真に関しては、そんなに苦労をしなくてすんだんです」

と、いった。

「と、いいますと……」

「牧山未来のマネージャーに頼まれたんです。染谷《そめや》さんというんですが、盗み撮りする場所と時間を設定してくれましたから……」

柿沼はそういい、表情をひきしめると、

「ぼくらの世界では、そういうケースがよくあるんですが、これはプロダクションと組んだヤラセではないんです。ぼくは義憤にかられて引き受けたんです」

と、からだを乗りだした。

「義憤？」

「染谷さんは小田切のことを泥棒だといってました。プロダクションは新人をスカウトして、丹精《たんせい》こめて育てるじゃないですか。牧山未来の場合、まったくの素人からスタートしましたから、一人まえになるのに二年かかりました。宣伝費までふくめると億の金がかかっています。その牧山未来がようやく稼げるタレントになったと思ったら、この小田切があらわれて、さらって行こうとしたんです。染谷さんが泥棒だというのも無理はないですよ」

静香はうなずいた。

遠山社長もおなじようなことを話していたが、プロダクションにしてみれば、財産を盗まれるのとおなじであった。

「それは分かりますが、去年の十月の段階では、牧山未来がタレントをやめると決まったわけじゃないでしょう。この写真がファインダーに載ると、牧山未来に傷がついたんじゃないですか」

「いいえ。牧山未来が小田切に夢中になったのは、去年の夏でした。牧山未来は損得の計算ができない女性だそうでして、小田切と知り合ったと思ったら、こうなったそうです」

柿沼は両手をひたいの横に立て、まえしかみえない手振りをし、

「そこが牧山未来の魅力でもあったんですがね……。プロダクションにとっては辞められると大損です。染谷さんや社長が必死に意見をしたし引き止めたが、耳にはいらない状態になっていました」

と、いった。

「なるほど……」

宮之原は静香へ顔を向けて、軽く溜息をついた。

「恋をとるか、芸能界をとるか……。普通のタレントなら芸能界をとりますよ。まして、牧山未来はブレーク寸前だったんですから……。そこを迷わず恋をとった。それだけで変わり種なのがわかるでしょう。素材としては大器だったんじゃないかな。それに、このとおり、年齢に似合わないおとなの色気があるでしょう」

柿沼はテーブルのうえにひろげてあるファインダーへ目を落とした。

右手を諒輔の背中へまわし、寄り添ってこちらへ歩いてくる未来の足取りが弾《はず》んでいた。弾む足取りがセクシーな期待が込められているようで、みつめていると、こちらの胸がときめいてくる。

富士川サービスエリアからこっち、諒輔の立場が気がかりで、未来にまで頭がまわらな

かったが、たしかに不思議な色気があった。

「で、そのときはこの写真をファインダーは採用しなかったんですね」

宮之原がたずねた。

「ええ。牧山未来は未完の大器ではあったが、去年の秋の時点では知名度がたりなかったんです。それが事件に遭《あ》ったもので、急遽《きゅうきょ》、こうなりました」

柿沼は硬《かた》い表情でこたえた。

未来にとっての不幸を手放しでよろこぶ気にはなれないようであった。

「よく分かりました」

宮之原は礼をいい、

「牧山未来のマネージャーだった染谷さんを紹介していただけませんか」

と、いった。

「いいですよ」

柿沼は快《こころよ》くいい、携帯電話を取りだすと、馴れた手つきでボタンを押し、

「カメラマンの柿沼です。いま、警察庁の宮之原さんという警部さんとお会いしてるんだけど、警部さんが染谷さんに話を聞きたいっていうの。どう?」

にこやかに話した。

染谷はオーケーしたようだ。

柿沼は送話口を手のひらで覆い、

「遠山プロは溜池《ためいけ》にありますが、彼はいま、全日空《ぜんにっくう》ホテルでひとと会ってるそうです。全日空ホテルのラウンジでお会いするのはどうかといってますが……」

と、たずねた。

「結構です」

宮之原は即座にうなずいた。

「いま一ツ橋だから、三十分くらいかかるかな。それでいい？」

柿沼は電話の染谷に告げた。

それも異存ないようであった。

3

全日空ホテルは六本木《ろっぽんぎ》のちかくにあった。

各国の大使館や外資系の企業があつまっているアークヒルズというビルの一画をしめているホテルで、地上三十七階のみあげるようなビルであった。

超高層ビルというのなら、浜松にもアクトタワービルがあり、その一画がホテルオークラになっている。

アクトタワーは遠くからも目立ち、浜松のランドマークになっているが、アークヒルズはビルのまえまできて、はじめて気づいた。

さすが東京は三十七階程度の高層ビルでは目立つということもないらしい。

染谷はラウンジで待っていた。

年齢は柿沼より三つ四つうえの感じだが、ブルーのワイシャツにメタリックな色合いのネクタイ、スーツをぴしりと着こなして、いかにも芸能界の住民といったムードを漂《ただよ》わしていた。

「牧山未来さんに期待をかけておられたそうですね。お悔やみ申し上げます」

宮之原は率直に頭をさげた。

「ええ。あの娘《こ》の主演ドラマの話がすすんでおりました。自分で自分の情熱を処理することができなくて、燃えつきていく役柄……。牧山にぴったりの役でした。これに出演すれば一気にブレークするのが目にみえていたのですが……」

染谷は歯ぎしりするようにいった。

その気持ちは痛いほど分かる。去年の夏ごろから、静香の周辺でも未来が話題にされればじめ、バラエティ番組をみない静香も、未来がでているとチャンネルをまわすようになった。

未来は番組の『乗り』について行けないと、悔しさを顔や態度にだすタイプで、それを司会のタレントにからかわれると、むきになって突っかかって行く。そのひたむきさが人気を呼びはじめていた。

「それで、伺《うかが》いますが、去年の十月の段階で柿沼さんに、この写真を撮ってもらった。ということは、牧山未来さんをもう、見限っていたのですか」

「いえ。見限ってはおりませんでしたが、かなり重症だと思っておりました。ファインダーに掲載されると、それなりのリアクションがあります。プロダクション内部では風あたりがきびしくなりますし、テレビ局なんかでは好奇心でみられます。それに懲《こ》りて自重《じちょう》してくれるのではないか。そう期待したのですが……」

「幸か不幸かファインダーに掲載されなかった。それが亡くなってから掲載された。遠山プロにとっては意味がなくて、ファインダーが一方的に利益を得る……。そういう形で掲載されるのを、ことわることはできなかったのですか」

「それは……」

染谷は宮之原をみつめ返し、

「ファインダーさんとのおつき合いもありますし、柿沼くんへの義理もありますから……」

いまになって、そんなことにこだわっても仕方ないだろうという顔になった。

「いえ、いけないといってるわけではないんです。わたしども警察にとって、この写真は願ってもない証拠になります。あまりにタイミングよくでてきたので、頰っぺたをつねりたいような気持ちでして……」

宮之原は苦笑しながら、

「小田切は牧山未来さんとの交際を否定し、会ったこともないといっております。そこへ降って湧いたようにこの週刊誌です」

と、にこにこ顔になった。

「小田切はそんな嘘が通用すると思っているのですか」

染谷は怒ったようにいった。

「思ってるんでしょうね」

「どういう神経なんですかね」

染谷は吐き捨てるようにいった。

「あなた、小田切に会ったことはありますか」

「いえ。わたしは会おうと思ったんです。会って牧山未来から手を引いてくれと。土下座をしてでも頼もうと思ったのですが、社長がそれはよせといいましたので……」

「どうしてです？」

「社長とわたしでは牧山未来に対して、温度差がありました。わたしは担当マネージャーですから、どうしても牧山に肩入れしてしまいますし、社長はプロダクション全般を考える立場ですし……。小田切のことだけでなく、牧山はトラブルの多いタレントでした。そこが牧山の魅力なんですが、社長からみると我儘《わがまま》に思えたのじゃないですか。小田切に頼み込んだことが牧山に聞こえると、それまで以上につけあがらせる、と……」

「警察のほうからいうと、会わないでくれてよかった……」

と、宮之原はいった。

「えっ？」

染谷は一瞬、何のことか分からなかったようだ。

「そのとき、会っていたら、いくらなんでも小田切は警察に対して、牧山未来さんと会ったこともないなどとはいわなかったでしょう」

「そうか。小田切は牧山とのことを、マネージャーのわたしも知らないと踏んでいたわけですか」

「そういうことです」

「ですが、牧山を殺したのは小田切なんですか」

染谷は怪訝《けげん》そうにたずねた。

染谷もそこまでは考えていなかったようだ。

「いいえ。いまのところ、小田切は遺体の第一発見者です。牧山未来さんと会ったこともない男が、静岡県の西のはずれの町で殺すわけがない……。そう考えていたのですが……」

宮之原はこれで容疑が濃くなったという口調になった。

「刑事さん、小田切を追及してください」

染谷はからだを乗りだし、

「牧山未来は心から小田切を愛していました。それは一途なものでした。わたしは牧山の素質を買っていました。将来、遠山プロを背負って立つスターになる、そう信じていました。ですが、牧山の一途さに打たれて、スターを失うことになるとしても、牧山の気持ちをかなえてあげたい、そう思うようになっていきました。小田切はその牧山を捨てたんです。捨てただけじゃなくて……」

声をつまらせた。

静香は恐ろしいものをみるように、その染谷をみつめた。

染谷は宮之原をみつめ、

「小田切は牧山が邪魔になったんじゃないですか。小田切にとって牧山が遊びでしかなかったとしても、牧山はそうと知ったぐらいで別れるような性格ではありません。別れるくらいなら殺せ、殺してくれという女でした……」

と、告白するようにいった。

静香はその染谷をみつめている。

別れるくらいなら殺してくれというのは、ずいぶん古風な科白《せりふ》のようだが、未来が口にするとひどく生々《なまなま》しく感じる。

古風な女の科白ではなく、いま現在の女の主張としか思えない。

「わかりました」

宮之原はうなずき、

「牧山未来さんがこの三月三十一日の正午ごろ、殺されたことは事実です。未来さんが撮影の仕事だと思って、浜名湖の奥の引佐町へ行ったこともたしかだと思えるのです。それで伺いますが、その日、引佐町で撮影の仕事がありませんでしたか」

と、たずねた。

「いいえ。ありません」

染谷はこたえた。

「あなたは未来さんのスケジュールを、いつまで把握していました？」

「その前日までです。三月三十日土曜日、牧山を目黒《めぐろ》のマンションまで送って行きました。別れたのが夜の八時すこしすぎでした」

「三十一日からは遠山プロを辞める、そう決まっていたのですか」

「いいえ。はっきり決まっていたわけではありません。ただ、牧山は社長と話はついた。わたしとはこれでお別れだといってました」

「すると、殺される前日まで東京にいたことは確かですね」

「はい、確かです」

染谷ははっきりとこたえた。

「未来さんは車の運転ができましたか」

「いいえ。できません。運転免許も持っていませんでした」

「牧山未来さんの死亡推定時刻は三月三十一日の正午前後です。これは念のためにうかがうのですが、その時刻、どこにおられました？」

宮之原はたずねた。

「わたしですか」

染谷は虚を衝《つ》かれたような顔になったが、

「この日曜日の正午ごろですね。その時刻でしたら、家のちかくのゴルフ練習場で打ちっぱなしをしていました」

と、こたえた。

「失礼しました」

宮之原は丁重《ていちょう》に頭をさげ、テーブルから立ちあがった。

4

全日空ホテルをでると、宮之原は日比谷《ひびや》へ向かった。

途中、霞《かすみ》が関《せき》をとおった。

「このなかに警察庁がはいっています」

と、宮之原はビルを教えてくれた。二十一階建ての新しいビルであった。

宮之原は警察庁を素通りし、日比谷の交差点を右折すると、帝国《ていこく》ホテルの並びにあるビルの地下駐車場に車をいれ、エレベーターで一階へあがった。

玄関をはいったすぐ右手のラウンジへはいった。

ひろくて洒落たムードのラウンジであった。

黒服を着たマネージャーが、宮之原をみると、

「お久しぶりです」

にこやかに挨拶《あいさつ》をし、奥まったテーブルへ案内した。

「わたしは閉所恐怖症なんですかね、狭いところが苦手なんです。広域捜査室になってからはいいんですが、そのまえ、遊撃捜査係という部署だったころは、狭い個室でしてね。煙草を吸うと煙がこもってどうしようもないものだから、日がな一日、ここですごしていたんです」

宮之原は懐かしそうにいった。

「そんな我が儘をして叱られないんですか」

静香は不安になった。

警察庁に所属しているのに、京都に住んでいる。

宮之原にいわせると、捜査担当の刑事は所属する都道府県警察の本部に出勤しないケースがめずらしくないそうだ。

静岡県の場合、県が東西にながいため、県警本部の刑事が静岡市の本部に詰めている

と、引佐町まで駈けつけるのに二時間以上かかる。

そのため、東部、中部、西部と地区にわけて、西部地区担当の刑事は浜松中央署で待機しているケースが多いそうで、そのシステムは北海道はもちろん、長野県や岐阜県もおなじだそうだ。

全国どこで起きた事件でも、捜査する宮之原の場合、京都で待機しているほうが合理的だというのだが……。

「強引な理屈なのは本人がいちばんよく承知しています。まあ、わたしは小清水さんに甘えることにしています」

宮之原がそういったとき、ラウンジの入口が急に明るくなった感じがして、象牙《ぞうげ》色のスーツを着た女性がラウンジをみまわし、宮之原をみとめるとにこっと微笑をうかべて、歩み寄ってきた。

からだつきは小柄だったが、並のタレントよりはるかに美貌であった。

美貌というだけでなく、聡明さと気品が全身ににじみでていた。

宮之原は椅子から立ちあがり、

「紹介します。小清水さんです。こちらが沢上静香さん……」

と、ふたりを引き合わせた。

「今度はとんだ災難でしたね」

峡子は静香にいい、

「Nシステムを検索しましたが、小田切諒輔さんの犯行とは思えません」

持ってきた資料をテーブルのうえにひろげた。

真っ赤なフェラーリを正面から撮った写真が何枚もあった。

Nシステムというのが何なのか、静香には分からなかったが、宮之原が、

「車で走っていると、目のまえの頭上にカメラが並んでいるのを、よくみかけるでしょう。あれが通称Nシステム、『自動車ナンバー自動読み取りシステム』の装置です。一応、秘密になっていますが、カメラが設置されている場所を、インターネットで公表してるマニアがいますからね」

と、説明してくれた。

そういえば、静香は以前、『警察の違法捜査を告発するフォーラム』というホームページを覗いたことがある。

あまりに専門的だったから一度でこりたが、そこでNシステムというのをみた。国道を走っていてそれらしい設備をみたことも度々ある。

峡子は赤いフェラーリの写真を時間順に並べた。

ほとんどは車のナンバーと通過した時刻がセットになったものであったが、なかには運転している諒輔の顔まで、ばっちり写っているのが交じっていた。

インターネットで覗いた『警察の違法捜査を告発するフォーラム』が、静香の脳裏《のうり》をかすめた。

フォーラムが指摘していたのはNシステムだけではなかった。

スピード違反をチェックするカメラや、交通渋滞を計測するカメラ、高速道路の料金所のカメラなど、いたるところに監視カメラがあり、本来は捜査のためでないシステムまで、警察は利用していると非難していた。

諒輔の顔が写っていたのは、そのどれかのカメラが撮ったのだろう。

静香は嫌な気分であった。

国道や県道でNシステムをみかけたのだから、静香もこうして写真に撮られているわけだ。

撮られても困ることはないが、知らずしらずのうちに監視されていると思うと、気持ちのよいものではなかった。

「この写真から想像するかぎり、小田切諒輔は東名高速の用賀《ようが》料金所を午前十時前後にはいり、午後一時すこしまえに浜松西インターを降りています。途中、富士川サービスエリアで二十分ほど休憩したと思われますが、小田切諒輔が十二時前後に引佐町にいることは不可能としか考えられません」

峡子はいった。

「そこまではわたしにも想像できた。問題は運転してる人物が間違いなく小田切諒輔かどうかだね」

宮之原がこたえた。

「どうなんです？」

峡子は静香に写真を差しだした。

「諒輔だと思います……」

間違いなかった。

もし、ちがうとしたら諒輔に双子の兄弟がいた場合だけだろう。

「そうなんだが、わたしが諒輔くんの立場で、あの犯行を計画するとしたら、警察のカメラがどことどこに設置されていて、それに映ってもかまわないか、映らないコースをとるか、どちらかを考えますよ。いまどき、警察の監視システムを知らずに計画犯罪をおこなう者はいないでしょう」

「でも、それは不可能でしょう。東京を十時に出発して、引佐町へ十二時前後に着く……。そのこと自体、不可能ですから……」

　峡子がいった。

「赤いフェラーリをそのタイム・スケジュールで走らせ、そのじつ、諒輔くんは別の車で牧山未来を乗せて天白磐座へ行った……。そういうことが可能かどうかというんだ」

「でも、現に小田切諒輔はこのとおり、赤いフェラーリを運転してますよ」

「だから、わたしがいうのは仮定の問題だよ。犯人は諒輔くんか、諒輔くんを犯人に仕立てあげようとした人物か。そのどちらかだ。どちらが真犯人だとしても、東名高速の東京・浜松西インター間、二百四十キロをどう利用するか、そこが大きなカギになる」

　と、宮之原はいった。

　静香はその言葉を頭のなかでまとめた。

　警察もそうだが、静香も最初は諒輔を疑った。

　諒輔は未来を自由にどこへでも連れだすことのできる立場であった。

　しかも、諒輔の愛車は赤いフェラーリ。

　渋滞さえなかったら、東京・浜松西インター間を二時間で吹っ飛ばすことも可能であった。

　十時に東名高速の用賀料金所をはいったとして、十二時に浜松西インターを降り、十二時十五分ごろ、天白磐座で未来を殺し、浜松インターでもう一度、東名高速にはいり、静香が待っている浜松西へ降りてくることができなくはなかった。

だが、諒輔の愛車は真っ赤なフェラーリなのだ。

東京・浜松間を二時間ですっ飛ばすことはできるが、ひと目を引くこともほかの車の比ではなかった。

未来を乗せて天白磐座へ行き、殺害したあとなに食わぬ顔で、静香が待ち受けている浜松西インターを降りてくるためには、車を替えるしかないはずであった。

峡子もおなじことを考えたらしい。

「すると、小田切諒輔はなにも十時に用賀を出発しなくてもいいんですね。たとえば一時間はやく、地味な車に牧山未来を乗せて引佐町へ向かう……。それでもよかったのですか」

と、宮之原にたずねた。

「もちろんだよ。そのほうが、現実的だね」

「すると、赤いフェラーリはどうなるんです？」

静香がたずねた。

「それは替え玉が運転して、タイム・スケジュールどおり、高速を突っ走るわけだ」

「諒輔は未来さんを殺害したあと、浜松インターから高速道路にもどって……」

静香は諒輔の赤いフェラーリを思いうかべながらいい、ハッと思った。

浜松インターと浜松西インターのあいだには、三方原パーキングエリアがある。

三方原パーキングエリアに、一時間おそく東京を出発した真っ赤なフェラーリが待っていて、諒輔と車をチェンジする。

これなら、諒輔は真っ赤なフェラーリを運転して、なに食わぬ顔で静香のまえにあらわれることが可能であった。

5

「ですが、その場合、カメラマンを偽装した土屋徹はなんのためだったんです?」

峡子が宮之原にたずねた。

「わからないが、犯人が畑中久枝のケースもゼロとはいえない。久枝が犯人の場合、土屋は何かと力になる共犯だっただろうね」

「それにアリバイを偽装できると思ったんじゃないですか」

静香はいった。

諒輔は抜目がないから、死亡推定時刻をごまかせるなど考えないだろうが、なかにはトンマな犯人だっているかもしれない。

何から何まで計算しつくしたと思える犯人が、ごく初歩的なミスをしたという例を、テレビのドキュメント番組でみたように思う。

「土屋ですが……」

峡子が表情をくもらせ、

「どこへ逃げたのでしょう?」

と、いった。

事件当日の夜、車ででかけて行ってから、すでにまる四日がすぎようとしている。

「捜査本部はどうみています?」

宮之原が峡子にたずねた。

「捜査本部は難航しているようです。畑中久枝の犯行のセンは、わたしもないと思いますが……」

「わたしは遠山プロの社長が本命ではないかと考えた。実行犯は牧山未来のマネージャーと思っていたのだが、本人に会った結果、これもない……」

「遠山社長が土屋を傭《やと》ったというセンはないでしょうか。そうすればアリバイ工作もできるし」

「どうかな……」

宮之原は首をひねった。

その場合、アリバイの偽装などという小手先の技ではなく、東京から未来を乗せて運ぶといった大胆なことをさせたのではないか。

静香はそう考えたが、宮之原は興味がないようであった。

「もう一度、小田切諒輔に会ってみよう。連絡をとってください」

宮之原は静香にいい、テーブルのうえにおいた缶ピースから、一本をつまみだすと火をつけた。

「警部、煙草の本数が減ったんじゃないですか」

峡子がいった。

「ああ。アラスカでここをやられたでしょう。あれ以来、本数が減ったね」

宮之原は右の肩をおさえた。

「どうなさったんですか」

静香はたずねた。

「拳銃で撃たれたんですよ」

「相手はわざと急所をはずして撃ったんです。こっちだと致命傷になっていたかもしれません」

宮之原は左の胸を指で突きながら苦笑した。

「警部、めずらしく立ち回りをしたんですよ。京都博物館の仏像が盗まれた事件、覚えていらっしゃいません？」

峡子が静香にいった。

「ああ、去年の参議院選挙に立候補して、ブームを起こした高級官僚の事件ですか」

静香は逆にたずね返した。

その事件なら覚えている。盗まれた国宝級の仏像を豪華客船に乗せて世界一周をさせ、その謎を解決することで、国民的な人気を得ようとした高級官僚がいた。

テレビのワイドショーは『世界一周クルーズ殺人事件』と騒ぎ立てた。

スケールの大きい事件だったが、ワイドショーの視聴率はそれほどあがらなかった。小泉《こいずみ》首相の誕生と重なったためで、国民の関心は小泉首相と田中真紀子《たなかまきこ》外相にあつまっていた。

小泉首相は健在だが、田中真紀子ブームはどこかへ消えてしまった。

あれは一年まえのことなのに、ずっとむかしのように思える。

静香は諒輔の携帯のナンバーを押した。

「わたし、静香。シャーロック・ホームズもエルキュール・ポアロも裸足で逃げだす名探偵が、諒輔をもう一度、尋問したいっていってる」

静香はそう告げた。

「ファインダーかよ」

諒輔は渋い声になった。

「諒輔のいうこと、何もかも信用できないって。警部さんと代わるわ」

静香は宮之原に携帯をわたした。

「よう、色男。捜査本部から何かいってきたか」

宮之原はたずねた。

「まだ、いってきません。だけど、あんな写真、いつ撮ってたんです？　なんかおかしいように思うんですが……」

「嘘をついたきみがいけないんだ。これから行ってほんとうのことを話してもらう」

「これからって、いまどこにいるんです？」

「日比谷だよ」

「日比谷？」

諒輔は驚いた声をあげた。

「きみを逮捕しに行く」

「おどかさないでください。これでも今朝から生きた心地がしないんですから……」

「で、きみの家は三宿《みしゅく》だったな」

「ほんとうに日比谷にいるんですか」

「ほんとうだよ」

「静香もですか」

「そうだ」

「でしたら、ぼくのほうから出向きます。どこへ行けばいいですか」

「警察庁には留置場がないから、警視庁へきてもらうかな」

宮之原は冗談をいい、

「帝国ホテルのロビーへきなさい。ホテルなら駐車場の心配もない。ロビーは混んでるが、わたしと沢上さんだから、みのがすことはないだろう」

「はい。会えないときは電話をします……」

諒輔は殊勝であった。

嘘がばれた。

ここで下手にあがくと今度こそ容疑者にされかねないと、自覚しているのだろう。宮之原は携帯を静香に返し、

「わたしは諒輔くんが犯人であることを期待しています。もし、彼にできたとしたら、犯罪の天才ですね」

と、いった。

静香の背筋を寒いものが走った。

6

三十分ほどして隣の帝国ホテルへ移動した。

通りを一本へだてた隣だから、移動するというほどのこともなかったが、ホテルのロビーは雑踏といってよいほど立て込んでいた。

すこし待って、諒輔が駈けつけてきた。

「そこで話してもいいが、きみは嘘をつくからな。顔がよくみえるラウンジにしよう」

宮之原は諒輔にそういい、本館十七階のラウンジへ行った。

ロビーにもラウンジがあったが、ダウンライトなので暗く感じる。それを敬遠したのだ。

十七階のラウンジは広くとった窓から皇居のみどりをみわたせた。明るいラウンジであった。

「嘘をついたんじゃなくて、つかざるを得なくなったんです」

諒輔は窓辺のテーブルに向かい合ってすわると、神妙な顔でいった。

「つかざるを得なくなった？」

宮之原はたずね返した。

「じつは牧山未来に手を焼いていたんです。ナンパをしたのはぼくですから、こっちが悪いのは百も承知ですが、未来は一緒に住もう、結婚しようと本気になっちゃって……」

「それで、殺そうと考えたのか」

「ええ……」

諒輔はけろりとした顔でうなずいた。

「諒輔、まじなの？」

静香は思わず口にした。

「一応、まじだよ。だけど、文句をつけるのは、オレの話を聞いてからにしてほしい」

諒輔はそういい、

「ひとを殺すとなると、絶対にバレない方法でないと意味ないですよね。やるのなら完全犯罪だ。それができないのならしないことだ。オレ、徹底的に考えたし、実地調査もしたんです」

真剣な眼差《まなざ》しを宮之原にすえた。

「実地調査ってのは何なんだ？」

「そのまえに話しておかなきゃいけないんですが、未来は自分の名前をミキと読むのを嫌っていて、ミクと読みたいといってたんです」

と、諒輔はいった。

未来と書いてミキと読むのは、いまの流行《はや》りであった。ここ五、六年間に生まれた女の子の名前ベストテンにはいっているはずだが、ミクとは読んでもらえないのではないか。

「それがどうかしたのか」

宮之原が話をうながした。

「この二月の中旬でしたが、インターネットのチャットで遊んでいたら、ミクってハンドルネームの女性がメインの会話にはいられずに、おたおたしてるのをみて……」

諒輔は静香へ目をながした。

静香は何を変な目つきをしてるのかと思ったが、次の瞬間、そのミクが自分のことなのに気づいた。

チャットではじめて知り合ったとき、静香は三十三歳のミクに成り済ましていた。

「わたし、おたおたなんかしてなかったわよ」

静香は嚙みついた。

あのとき、可愛い感じの名前をえらんだつもりだったのに、諒輔は未来《ミク》とかさねて話しかけてきたようだ。

「まあ、それはどうでもいいんだ。静香と知り合ったきっかけがミクだったといってるだけ……。ただ、プライベートに会話をしてみると、引佐に住んでるっていうじゃないですか。未来《みき》の実家のある細江の隣町ですよ」

静香は息を飲む表情になった。

「なるほど。沢上さんを利用できると考えたんだね」

「ええ……。未来は三月の末に遠山プロをやめて、いったん実家へ帰る予定でした。そのとき、一緒に細江の実家へ行ってくれ、お母さんに紹介すると。それは絶対に譲れないって……」

「きみの計画は沢上さんをアリバイ作りに利用することだったのだな」

「ええ。完全犯罪ができるかどうか、細江と引佐へ三回行きました。綿密な計画を立てたんです」

「できたのかね」

「無理でした。日本で車をつかった犯罪は不可能ですね。監視カメラが多すぎますから……」

　静香は宮之原の横顔へ目をやった。

　カメラは諒輔を的確に捉《とら》えていた。

　諒輔はつづけた。

「Nシステムでしょう。高速道路のゲートのカメラでしょう。渋滞を調べるためのカメラもあるし、スピード違反の車をチェックするカメラだってある……。皮肉なことに、そういうの全部、インターネットのホームページにでてるんですよね。設置場所を図入りで克明に教えてくれるんです」

「それで、きみの立てた計画はどうだったんだ？」

「ひと口ではいえませんが、天白磐座遺跡に目をつけました。未来と一緒に細江の実家へ行くことにして、天白磐座に連れ込んでしまえば、殺害することは可能だと……」

「諒輔！」

静香は耳をふさぎたい思いになった。

ひとを殺す計画を平気な顔で話されるのを、聞く無神経さを静香は持っていない。

「ご免よ。オレ、実際にはやってなんかいない。空想しただけだよ。空想に酔ってたかもしれない。魅力的な計画だったもんな。ただ、静香と一緒に天白磐座で未来が殺されてるのをみたとき、やられたと思ったんだ」

「やられたって？」

「だから、罠《わな》にかけられたと……」

「どうして罠なのよ。諒輔以外に天白磐座で未来さんを殺そうなんて、考えたひとはいないでしょう」

「そうだけど、現実に未来は殺されてたじゃないか。オレがしようと考えたことを実行した奴がいる。それなのに、オレはどじを踏んで第一発見者にされてしまった。オレが未来と知り合いだなんて、ひと言でも話したら、警察はオレを疑う。疑われるだけならともかく、犯人にされてしまう。そう思ったんです」

諒輔は最後のほうを宮之原へ顔を向けていった。

「土屋徹という男を知ってるかね」

「いいえ」

「天白磐座から降りてきた偽カメラマンだよ」

「それは知ってます。昨日あたりからニュースが取りあげてますから……」

「畑中瞳は？」

「知りません」

「信じていいかね」

　宮之原がたずねた。

「ほんとうですよ。ほんとうの話です」

「じゃあ、聞くがきみが諦めたのは監視カメラのためだけか」

「もうひとつ、ありました。三月三十一日、未来に仕事がはいったんです」

　と、諒輔はいった。

「仕事？」

「ええ。奥浜名湖観光協議会から観光パンフレットのモデルになってほしいという仕事があったんです。で、三月三十一日に一緒に行くことができなくなりました。予定がくるったじゃないですか。それまで、どうしても一緒に行く、それでなきゃいけないといってた未来が、自分のほうから行けなくなった、撮影だといいだしたもので、オレ、なんだか薄気味わるくなって……。だから、静香に明日行く、浜松西インターをでたところで待っててほしいって、電話したんです」

「牧山未来さんの仕事というのは、未来さんが直接、受けたのか」

宮之原がたずねた。声がきびしくなっていた。

「いいえ。遠山プロをとおしてです。これが最後のご奉公だ、未来はそういってました」

「嘘じゃないだろうね」

「ほんとうです」

「きみと会うまえに遠山プロのマネージャーに確認したんだ。マネージャーは牧山未来の仕事はその前日で終わった。三月三十日の午後八時に、未来さんをマンションまで送って行った。それが最後の仕事だったといっている」

「………………！」

諒輔の顔から血の気が引いた。

「きみはまた、嘘をつくのか」

宮之原がいった。

「嘘じゃないですよ。マネージャーが嘘をいってるんじゃないですか」

「きみは奥浜名湖観光協議会というのに問い合わせたか」

宮之原がたずねた。

「浜松で足止めをくってるときに問い合わせました。ですが、観光協議会はそんな、パンフレットをつくる予定なんかなかった、と……」

諒輔は悲しそうな目になった。

奥浜名湖観光協議会は否定した。そこからの仕事だといった未来は殺された。

諒輔のいうことを証明するものはなくなってしまった。

といって、静香にはマネージャーの染谷が嘘をいったとは思えなかった。

染谷は誠実そうな人柄であった。

「もうひとつ、聞こう。きみは堀尾秀輝という名前を聞いたことがあるか」

宮之原がたずねた。

「知ってますよ。未来のファースト・キスの相手でしょう。〝追っかけ〟のように未来につきまとっていました」

追っかけというのは、どこへでもタレントを追いかけてくる熱烈なファンのことだ。

諒輔はファースト・キスをした堀尾を問題にしてなかった。未来への愛情が醒《さ》めてしまったのだろう。

「未来さんは堀尾くんを舘山寺温泉の湖山荘に呼びだしていた。それを聞いていたかね」

「それは、オレが電話をかけろといったんです。未来は湖山荘に泊まって、翌日、お母さんに会ってくれといってましたが、オレ、湖山荘はすっぽかすつもりでした。堀尾って初恋の男が未来を待ってたら、焼けぼっくいに火がつくんじゃないか。そうなってくれたらありがたいなって……」

「不誠実な男だな」

宮之原は溜息まじりにいった。

「ですから、それは浜松で会ったとき、話したじゃないですか」

「何を話した？」

「オレは成功するんだ。勝ち組になるんだ。オレには野心があるって……」

宮之原は諒輔を睨《にら》みつけ、

「ここで話してよかった……」

呻くようにいった。

「何の話です？」

「ほかの場所だったら、わたしはきみを殴りとばしていた」

宮之原は吐き捨て、

「それでだが、そうしてまで牧山未来と別れようとした理由は何なんだ？」

と、たずねた。

「…………」

諒輔は目を伏せた。

「よっぽど大金持ちの令嬢のハートを射とめたのだろうね。相手は誰だ？」

諒輔は顔をあげた。

「それが……、愛想づかしされてしまいました」

「ファインダーのためか」

「ええ……」

「どこのご令嬢だ？」

「柳瀬由香里《やなせゆかり》といって、東京ファンドの社長の長女です」

「東京ファンド？……」

宮之原は目をみはった。

「…………？」

静香は宮之原をみつめた。

「商工ローンの最大手ですよ。中小企業向けの金融です。銀行が貸し渋りだとか貸し剝《は》がしをするでしょう。中小企業は商工ローンに駆け込むしかない。高い利息で貸しつけ、返せないとみると、腎臓を片一方売って返せとか、娘がいるだろう、風俗の店を紹介しようかなど、やくざまがいの取り立てをして、二、三年まえ問題になったでしょう」

宮之原はそう説明した。

静香は息を飲んだ。

むかしの高利貸しが会社になったようなものだろう。静香が子供のころ、どこの町にも質屋というものがあった。

いまは都会の盛り場で、OLやホステスを相手にブランド物を質草にしているらしく、年に一度か二度〝質ながれブランド市〟がテレビのニュースになる。

町から質屋がなくなり、消費者金融に変わったように、中小企業向けの金融も、下手な信用金庫なんかより大きな会社になっているのだろう。

「あと一歩で、百億や二百億、顎でうごかせるところだったんですがね。こうです」

諒輔は両手を顔の横でパーッとひらいてみせた。

「美人なのか」

宮之原がたずねた。

「そこまでは贅沢《ぜいたく》でしょう。ですが、気立てがいいんです」

諒輔は泣き笑いの表情になっていた。

「牧山未来から柳瀬の娘に、いつ乗り換えた?」

「去年の夏です。未来に連れて行かれた八丈島《はちじようじま》の海岸で由香里と知り合ったんです。由香里のほうから電話番号を聞かれて……」

「その由香里が愛想づかししてきたんだな」

宮之原は確認した。

「ええ。みごとにひじ鉄をくらいました。ファインダーにあんな写真がでたんじゃ無理ないですよね」

諒輔は乾いた声で笑った。

「分かった。もういいから、わたしのまえから消えてくれ」

宮之原は諒輔を追いはらい、諒輔が立ち去るのを待って、

「そういうことだったのですね」

と、つぶやいた。

静香はうなずいた。

ファインダーの編集部は牧山未来の事件に便乗したつもりだが、カメラマンの柿沼に写真を撮らせた染谷の意図は別だったのではないか。

染谷の意図というより、遠山がそうさせたのではないか。

去年の秋、別の意図で隠し撮りした写真が、思いがけないところで役に立った。

諒輔と柳瀬由香里の恋をつぶすことができた。

遠山の意図は諒輔に未来を殺した容疑を着せ、柳瀬由香里と別れさせることだったのではないか。

静香は異様な緊張が襲ってくるのを感じていた。

第5章　龍山村《たつやまむら》・断崖から転落した白いワゴン

1

諒輔が帰ったあとで、

「でも、遠山社長はどうして諒輔と柳瀬由香里の仲を引き離そうとしたんです？」

静香は宮之原にたずねた。

「聞いてみよう」

宮之原は携帯電話を取りだし、小清水峡子の番号をプッシュすると、

「ふたつ調べてほしい。遠山社長の家族構成と東京ファンドの資産内容だ」

と、告げた。

宮之原が電話を切ったあとで静香がたずねた。

「そういうこと、スーパー・コンピューターで調べられるんですか」

「いや、この程度はコンピューターで調べるまでもないでしょう。遠山社長の家族構成は捜査本部が調べていますし、東京ファンドの資産内容は会社四季報をひけば分かることですから……」

宮之原はこともなげにこたえた。

そのはずであった。

もしかすると、静香のパソコンでも、その程度のことは調べられるかもしれない。

遠山プロのホームページをよく読めば、社長のプロフィールが書かれていて、家庭での社長のことに触れているかもしれない。

東京ファンドは上場会社だから、資本金や営業状況が書かれているだろう。そこから内容を読み取れるかどうかは、静香の能力の問題であった。

峡子からの返事を待ちながら、

「諒輔の考えていることをみ抜いて、諒輔の計画を横取りするように未来《みき》さんを殺す……。遠山社長ならできたでしょうか」

静香はたずねた。

計画は立てたが実行はしてないと諒輔はいった。

諒輔が犯人でないことは、峡子があつめたNシステムなどの記録が証明している。問題は諒輔の計画をみ越したように、天白磐座で未来を殺す。そんな神業《かみわざ》のようなことができるのだろうか。

「できるかできないかではなくて、その必要があったかどうかですね」

宮之原はいった。

「東京ファンドはどのくらいのお金を動かせるんですか」

「さあ。小田切諒輔が百や二百は軽いというんだから、千億やそこらは動かしてるんじゃないですか」

「そうでしょうね」

静香はうなずいたが、千億円という金額に実感が持てなかった。静香が実感を持てる限界は百万円までであった。

五分ほどして、峡子から電話があった。

「遠山社長の家族ですが、奥さんと息子ひとりで、息子は二十五歳、哲也《てつや》といい、遠山プロの専務取締役をしております。東京ファンドは資本金が七百億円、この三月期の営業収益が六百三十億円、営業利益が百五十億円で、今日現在の株価が二千三百四十円。社長の柳瀬義雄《よしお》の持株は片仮名のヤナセ・エンタープライズ名義になっていますが、全発行株数の四十九・一パーセントを持っております。くわしい数字をお持ちしますか」

と、峡子は告げた。

宮之原は手帳に数字を書き取った。

その数字をみて、静香は頭がくらくらするのを感じた。

営業収益とか営業利益という用語が分からないが、社長の柳瀬は七百億円の資本金の半分ちかくを出資していて、もともとは五十円だった株が二千三百四十円もしているのだから、株だけで一兆円を超す資産家であった。

「数字を書いた紙は持ってこなくていい。これで充分だ」

宮之原がいい、

「それでですが、東京ファンドの柳瀬社長と遠山社長はゴルフ仲間だそうです」

峡子がつけくわえた。

「分かった」

宮之原はそういって電話を切り、溜息をついた。

「柳瀬って社長、すごいですね」

静香がいい、

「こういう企業は銀行や有名なノンバンクとは違って、名誉も権威もないからね、金だけがものをいう。金が価値基準のすべてなんですよ」

宮之原はもう一度、手帳の数字に目を落とした。

一流銀行の頭取は地位こそたかいが、肩書をはずせば一介《いっかい》のサラリーマンであった。ところが、柳瀬は東京ファンドのオーナーなのだ。東京ファンドという企業そのものを所有している。

「みえてきましたよ」

宮之原は手帳から顔をあげた。

「ええ……」

静香にもうっすらとみえてきた。

柳瀬と遠山はゴルフ仲間なのだ。柳瀬には由香里という娘がいる。遠山には二十五歳の息子がいる。

柳瀬のほうがどう考えているか分からないが、遠山は息子の哲也が由香里と結婚することを望んでいるのではないか。

その由香里は諒輔に夢中であった。

由香里を諒輔から引き離さないことには、遠山哲也のはいり込む余地がない。

ファインダーの写真は諒輔の不実の証明であった。

諒輔はみごとにひじ鉄を食ったようだが、遠山の目からみると、それだけではまだ安心できなかったかもしれない。

ライバルがいることで、逆に燃えあがるケースがめずらしくない。

諒輔に未来を殺した罪を着せれば、由香里は目を醒ますだろう。遠山はそう考え、諒輔の身辺を綿密に探ったのではないか。

遠山はそれができる立場であった。

自分のプロダクションに牧山未来がいるのだ。未来には染谷というマネージャーがついている。

染谷から未来の言動をくわしく聞くことができた。

未来は三月三十日を最後に遠山プロをやめ、いったん細江に帰る予定でいたし、四月六日と七日の姫様道中に出演するのとともに、諒輔を母の萌子に紹介し、結婚することを決めていた。

未来が染谷に話すことは、諒輔一色だったにちがいない。

その諒輔がじつは柳瀬由香里に心を移していた。

未来はそのことを知らないが、遠山は知っていた。

知っている遠山の目からみれば、未来を邪魔に思っている諒輔の心が透《す》けてみえたのではないか。

三十一日は舘山寺温泉の湖山荘に泊まり、翌日、母の萌子に引き合わせる。

未来はそのスケジュールのつもりだったが、諒輔は湖山荘も萌子との対面も絶対に避けなければならなかった。

諒輔はどうやって避けるのか。

諒輔を愛し、ブレークしかかっているタレントをやめるという牧山未来。

遠山は息詰まる思いでみていたに違いない。

牧山未来と柳瀬由香里。

未完の大器と百億円単位の持参金。

ふたりの女性の価値を、遠山は客観的に判断できた。遠山には由香里を選んだ諒輔の気持ちが、痛いほど理解できたに違いない。

そうであればあるほど、殺してでも未来を振り切ろうとする諒輔の気持ちまで、みとおせたはずであった。

「遠山社長に会って話を聞きましょう」

宮之原は席を立った。

ホテルをでるとタクシーを拾った。

引佐や細江を捜査するのには車が不可欠だが、東京ではいちいち駐車場を探さなければならない。

車は隣のビルの駐車場にあずけて、タクシーを使うことにしたのだ。

遠山プロはさっき染谷と会った全日空ホテルへ行く途中にあった。

オフィス街というよりは霞が関の官庁街の裏、道路に面した細長い敷地に、ビルが三つ並んで建っていて、その真ん中のビルの四階であった。

2

宮之原は受付で名刺をだし、

「遠山社長に会いたいのだが……」

と、いった。

ファインダーをだしている出版社を訪ねたときとは言葉づかいが違っていた。威圧的であった。

受付の女性は名刺に目を落とし、えっという顔になると、

「しばらくお待ちください」

小走りにオフィスの奥へ駈け込んで行った。

大部屋のオフィスはがらんとしていた。奥のデスクの横でみ覚えのある和服姿の女性が、部長らしい男と雑談をしていた。

静香が子供のころ、スターだった演歌の歌手であった。

受付の女性は歌手と話している若い男に、宮之原の名刺をみせ、小声で何か話した。

男はこちらをみた。

そのうえで、受付へ歩み寄ってきた。

離れてみたときは貫禄《かんろく》がありそうにみえたが、近づいてみると若かった。二十四、五歳だろう。顔にあどけなさが残っていた。

「父になんの用ですか」

男は宮之原にたずねた。ひとり息子の哲也であった。

「遠山社長の息子さんですか」

宮之原はたずね返した。

柳瀬由香里との話があるとしたら、その相手が目のまえの青年であった。

「ええ、専務の遠山哲也です」

と、内ポケットから名刺入れをとりだした。

ダンヒルのマークがついていた。

着ているスーツもプロダクションの専務らしく、ぴったりと体型にフィットしていた。

「社長は？」

「生憎《あいにく》、留守をしています。わたしでよかったら、お話をうかがいますが……」

「では……」

宮之原がうなずくと、

「こちらへどうぞ……」

遠山哲也は社長室へ案内した。

三十畳ほどはあるだろう。デスクと応接セットのほかに飾り棚が設けられ、優勝カップや盾《たて》がおしくらまんじゅうをするように並んでいた。

「ゴルフがご趣味だそうですね」

宮之原が話しかけ、

「ええ。じつは今日もそうでして……。親父はハンディがゼロなんです」

哲也は得意そうにいい、

「どうぞ……」

応接ソファをすすめた。

宮之原は静香と並んですわり、

「こんなにカップを独占なさると、恨まれるんじゃないですか」

と、お愛想をいった。

「そんなことはないでしょうが、プロダクションの運営に差し障《さわ》りがでてしまいます」

哲也は余裕ありげにこたえた。

宮之原はカップのひとつを指さし、

「あのカップ、今週の日曜のようですね」

と、たずねた。

「ええ、そうです。葛城《かつらぎ》ゴルフ倶楽部というのは、ワールドカップの日本代表の宿舎になるとか話題になってるじゃないですか。そのまえにということでコンペがあったんですが……」

哲也がこたえた。

静香はギクッとするものを感じた。

葛城ゴルフ倶楽部は袋井にある。それも袋井市の北のはずれであった。葛城ゴルフ倶楽部から引佐まで、距離にして三十キロぐらいだろうか。

事件当日、遠山社長は東京にいたとばかり思っていたが、静岡県の袋井でゴルフをしていた。

静香には事件当日、遠山が袋井でゴルフをしていたというのが、意味ありげに思えてきた。

「葛城のような遠出のときは、どうなさるのですか」

宮之原がたずね、

「葛城は車ででかけました。親父は車も趣味でして、年甲斐《がい》もなくロータス・ヨーロッパを乗りまわしております。あの日は午後のハーフだけで二時スタートでしたから、自分で運転してったんじゃないですか」

哲也がこたえた。

「その日は朝の八時に出発なさったそうです。ご存じですか」

「いえ、時間までは……。ぼくは親父たちとは離れてマンションで暮らしてますから……」

哲也は迷惑そうにいった。

静香は心臓を素手でつかまれるような感覚を覚えた。

午後二時にスタートするのなら、正午に天白磐座にいることができたのではないか。

その日、未来は細江に帰ることになっていた。当然、諒輔の真っ赤なフェラーリで帰るつもりでいたが、急に撮影の仕事がはいった。

その仕事というのが、ほんとうにはいったのか、諒輔の嘘か分からない。

だが、もし、ほんとうだったとしたら、遠山が送って行こうといったのではないか。

静香は頭をフル回転させた。

染谷は三月三十日の午後八時が最後の仕事だといったが、未来は三十一日に撮影があると聞いていた。

奥浜名湖観光協議会のパンフレットのモデル。未来はそう信じていたが、それは諒輔と引き離すために、遠山プロがでっちあげた架空の仕事だったかもしれない。

未来は、三十一日の朝、迎えの車を待っていた。

車はきた。遠山社長が運転して……。

〈スタイリストもメイクも、向こうで用意するそうだ〉

社長にいわれて、未来は車に乗った。

その車がロータス・ヨーロッパだったのか。それとも地味な車だったのか。

未来は撮影をはやくすませて、湖山荘へ駈けつけたい一心だったが、運転している遠山は天白磐座を脳裏《のうり》に描いていた。

このひと月あまり、遠山は腹心の部下を使って、諒輔の行動をチェックしていた。

諒輔は三回、細江引佐周辺を調査したといった。

静香を使ってアリバイを偽装することができないか。その最善の方法はあるのか。諒輔は天白磐座に目をつけたというが、念入りに調査する諒輔の行動のすべてを、遠山の腹心の部下から聞いていた。

天白磐座は引佐の町の中心部にありながら、ひとが滅多に訪れないムササビの森であった。

駐車場にはこと欠かないし、裏の団地のほうからはいることもできる。

未来が撮影に行くのだと信じていて、運転をする者が殺意を秘めているとしたら、天白磐座は未来を易々《やすやす》と連れていける絶好の場所であった。

「プライバシーに立ち入るようで恐縮ですが、遠山社長は東京ファンドの柳瀬社長とご昵《じっ》懇《こん》だそうですね」

「ええ……」

哲也はこたえたが、表情に軽い緊張がうかんだ。

「柳瀬社長には由香里さんというお嬢さんがおられる。あなたとのあいだで縁談が進行してるのではありませんか」

「とんでもない」

哲也は顔のまえで手を振り、

「東京ファンドと遠山プロでは格がちがいます。あちらは一部上場会社ですし、こちらはしがない芸能プロダクションですから、とても縁談などは……」

否定した。

静香には謙遜《けんそん》しているように思えた。

だが、宮之原はそれ以上、追及する気はないらしく、

「明日、あらためて社長にお会いしたいのですが、スケジュールを教えていただけますか」

と、たずねた。

遠山社長は九時に出社するそうで、出社直後なら時間をとれるという。

「では、明日朝九時にもう一度、うかがいます」

宮之原はそういって遠山プロをでた。

3

「遠山社長が葛城でゴルフをしてたの、捜査本部は知っていたんですか」

静香は遠山プロをでると、宮之原にたずねた。

「ええ。事件当日、朝の八時に家をでて、午後一時に葛城ゴルフ倶楽部に着いています。参考人ということで、一応のアリバイは確認していますが、小清水さんのような厳密な調査はしていません」

宮之原がそうこたえたとき、携帯のベルが鳴った。

宮之原は携帯を耳にあてがった。

「土屋徹の車が発見されました」

小清水峡子からの連絡であった。

「どこで？」

「龍山村《たつやまむら》の平沢《ひらさわ》というところだそうです。道路から車ごと転落して、頭をつよく打って死亡したようです」

「龍山村の平沢だね」

宮之原は静香に聞かせるために復唱した。

引佐町の北東側の隣町が天竜《てんりゅう》市で、龍山村はそのさらに北であった。

人口は千五百人たらず。面積の九十五パーセントは山林で、隣町との境界には千メートル級の山々がつらなり、村を南北につらぬいて天竜川がながれ、その支流が深い谷をきざむ峡谷の村であった。

　平沢というのが龍山村のどのあたりか分からないが、浜松の土屋のアパートからだと四十キロぐらいあるのではないだろうか。

「車は白いワゴンで、土屋のものだと確認しましたが、他殺か事故死かはまだ断定できないようです。死亡推定時刻もまだはっきりしませんが、事件当日の夜、車ででかけて行ったまま、それっきり帰ってないそうですから、その夜、殺されたのではないかと、捜査本部はみております」

　峡子の声が携帯から洩れてきた。

　静香もそう思う。

　龍山村で車を転落させるのは、地理にくわしかったらそれほど難しくはないはずであった。なにしろ峡谷の村なのだ。いたるところに断崖がある。

　今日まで四日間、発見されなかったのも不思議はなかった。

　ただ、車を転落させたあと、犯人はどうやって自分の家へもどったのか。

　浜松にしろ、細江にしろ、四十キロあまり歩くしかない。

　そのつもりなら歩けなくはないが、龍山村にしろ、その南の天竜市にしろ、住民のほとんどが車を下駄代わりにしている。

車でとおりすぎる分には誰もあやしまないが、夜中にとぼとぼ歩いている人物がライトにうかびあがったら、それだけで村中の話題になるはずだ。

諒輔は『日本で車を使った犯罪は不可能だ』といったが、地方では車を使わない犯罪は不可能であった。

宮之原もおなじことを考えたようだ。

峡子との電話が終わると、

「小田切諒輔にしろ、遠山社長にしろ、土屋を車ごと断崖から突き落としたあと、どうやって帰ったのですかね」

と、静香に話しかけた。

「車を突き落とすことはできるのですか」

「その手の事件は何度か扱ったことがあります。殴り殺したあと、車に乗せてブレーキをほどくケースがあったし、身のこなしに自信があれば、自分が運転してハンドルを切り、転落する寸前に車から飛びだす方法だってあります」

宮之原はそういい、とおりかかったタクシーに手をあげた。

帝国ホテルの隣のビルへもどった。

車をだし、

「今夜の宿ですが、農林年金の施設で『虎《と》ノ門《もん》パストラル』といいます。帝国ホテルといきたいところだが、勘弁してください」

虎ノ門にある公共のホテルへ向かった。

時刻は六時になろうとしていた。夕闇がうっすらと漂い、街の灯りが息づきはじめている。

『虎ノ門パストラル』はこれが公共の宿かと驚くホテルであった。

本館が十二階、新館が十一階。両方を合わせると三百室を超えるそうで、新館はほとんどがシングルの洋室であった。

宮之原は車を降りるとき、ダッシュポケットの缶ピースと、静岡県の道路地図を持ちだすのを忘れなかった。

フロントでシングルの部屋をふたつチェックインし、部屋の鍵をひとつ静香にわたすと、

「飯にしましょう」

レストランへ行った。

料金が一泊素泊まり六千三百円と安いせいか、結構、客が多かった。

地方から出張してきた公務員がほとんどらしい。

服装と顔つきがどこか共通していた。

テーブルに着くと、宮之原は静岡県の道路地図をひろげた。

平沢は龍山村の西部、佐久間《さくま》ダムのある佐久間町と隣接した地区で、地図には『青少年旅行村』という観光施設が記入されていた。

平沢へ行く道は一本しかない。

龍山村の役場がある大嶺《おおみね》地区から天竜川の支流・白倉《しらくら》川に沿って登って行く道で、その道は佐久間町へ抜け、天竜市をとおって引佐町へとつうじている。

つまり、道は一本だが、平沢へ登って行くか、下って行くか、ふたとおりの行き方があるわけであった。

静香は佐久間町を抜ける道を何度かとおったことがある。県道だが、高速道路なみに整備されていて、観光シーズンの土日でもないかぎり、いつもがら空《す》きであった。

「この青少年旅行村というのはなんです？」

宮之原が静香にたずねた。

「キャンプ場じゃないですか」

静香はこたえた。

引佐町のキャンプ場は『てんてんゴーしぶ川』という。ネーミングだけでは何の施設かわからないのがいまの流行りで、青少年旅行村もそれだと思う。

「キャンプ場だと、いまの季節はまだ営業してないですね」

宮之原は目を皿のようにして地図をみまわし、

「やっぱりそうだ。五月から十月までだと書いてある」

説明をみつけだした。

今日は四月四日。事件があったのは三月末。

龍山村平沢地区はほとんど無人にちかい状態だったのではないだろうか。

「でも、すごい山のなかですよ」

静香はつぶやいた。

土屋はなんのために、あんな山のなかへ行ったのか。それも夜おそく。

土屋は自分の白いワゴンを運転して行ったのではなく、すくなくとも二人以上の屈強な男に拉致《らち》され、山の奥深くへ連れて行かれ、宮之原のいうように殴り殺されたうえ、運転席にすわらされて、車ごと突き落とされたのではないか。

静香にはそうとしか考えられないが、それはちょっと考えると矛盾がありすぎた。

犯人は土屋に何を依頼したのか。

共犯の土屋を殺すために、別の共犯をつくる。それだと、無限に共犯をつくって行くようなもので、そんなことをしてまで、未来を天白磐座で殺すことはなかったはずであった。

殺すだけなら、もっと簡単で便利な方法も場所もあった。

天白磐座で殺して諒輔に罪をなすりつけるのが前提条件だったとしても、土屋はいったい何を請け負ったのか。

偽のカメラマンを装って天白磐座へ登り、未来の遺体を発見しただけではないか。しかも、警察へは通報しなかった。

磐座から血相を変えて駈け降りてきて、諒輔や静香とすれ違っただけなのだ。

犯人にとって、そんな共犯が必要だったのか。

静香には理解できそうもない。

4

翌日、遠山社長と会った。

息子の哲也はいなかったが、染谷が同席した。

社長室のマガジンラックにはファインダーが差し込まれていた。

それと関係があるのかないのか、遠山は上機嫌であった。

「染谷さんもおられるのでお聞きしますが、ひとつおかしいことがでてきたのです。牧山未来さんは先月の三十一日に小田切諒輔と一緒に郷里の細江町に帰る予定でした。ところが、奥浜名湖観光協議会のパンフレットのモデルで撮影の仕事がはいり、一緒に帰ることができなくなったと、小田切がいっているのです。こちらがその仕事をお受けになった。そういう事実はありませんか」

宮之原はずばりとたずねた。

「そんな話はいまはじめて耳にしました」

染谷は首をかしげた。

宮之原は遠山に、

「染谷さんをとおさずに、未来さんに仕事が行くことはありますか」

と、たずねた。

「ないはずです」

遠山はこたえた。

「そういうケースがあることはあるのですか」

「絶対にないとはいえないが、非常に稀《まれ》なケースですな」

「たとえばどういうケースですか」

「うちのプロダクションにはないが、営業とタレントが結託して、プロダクションをとおさずに直の仕事にしてしまうケースなんかがそうです」

未来の場合、そのケースはあり得なかった。

タレントをやめ諒輔のもとへ飛んで行きたい思いだったのだ。

よほどの義理があって、断ることができなかったケースしか考えられなかった。直の仕事にして収入を多くしたいどころか、タレントという仕事すべてを放棄しようとしていた。

「それは小田切が嘘をいってるんじゃないですか」

染谷がいった。

「いや。小田切が当日、ひとりで引佐町へ向かったことは確認済みです。未来さんが誰かの運転する車で引佐へ行ったことも間違いありません」

宮之原はこたえた。

「その話はまったくタッチしておりません」

染谷がいった。

「分かりました」

宮之原は押し問答をさけて話をすすめた。

「牧山未来さんの事件当日、社長は朝八時にご自宅をでて、袋井市の葛城ゴルフ倶楽部へ向かわれましたね」

「そのとおりですよ。静岡の警察に聞かれて、それはきちんと話したが……」

遠山は悠然とこたえた。

「葛城に到着したのが午後一時ですね。社長は車がご趣味だとうかがいました。袋井まで行くのに五時間もみることはなかったのではないですか」

「いや、途中、沼津《ぬまづ》で用件があったのです」

遠山は同席している染谷に顎をしゃくった。

染谷は遠山のデスクからスケジュール帳をとってきた。

三月三十一日の欄には、午前十時、沼津、ランリック化粧品氏家《うじいえ》社長。午後二時葛城ゴルフと書かれてあった。

「沼津に立ち寄られたことを、事情聴取のときにどうして話されなかったのです？」

宮之原がたずねた。

「ちょっと事情がありまして……。これは極秘にしていただきたいのですが、ランリックは通販の化粧品でして、テレビでPRしていますから、ご存じでしょう」

「ええ……」

「売行きは非常に好調なのです。ただ、通販というのはのべつ幕なしにコマーシャルを打たないといけません。また、その宣伝費が大きいんです。で、うちのプロダクションがタレントの起用その他、企画面をふくめて全面的に応援する……。業務提携の話をすすめておりまして……」

遠山はいった。

それがどうして秘密なのか静香には疑問だが、沼津に立ち寄っていたのが事実なら、遠山のアリバイは疑いようがなかった。

「社長は未来さんと小田切諒輔の関係をご存じでしたね」

宮之原がたずねた。

「それはもちろん、知っておりましたよ」

「染谷さんは小田切に会って、牧山未来と別れてくれと土下座をしてでも頼みたいといったそうですね。社長はそれに反対なさった。それでいてふたりがデートしている写真は撮らせた。これはどうしてですか」

「それはあなた……」

遠山はちょっと呼吸をととのえ、

「わたしはタレントを大勢手がけてきました。そのわたしの目でみて、牧山未来は十年にひとり、いや、五十年にひとりの逸材《いつざい》です」

と、いった。

宮之原はだまって聞きいっている。

「あの娘《こ》は大器です。染谷にいわれるまでもなく、あれだけの逸材はそういるものではありません。あの存在感、あの色気……。牧山の色気は独特のものです。本人は意識してないが、視線が合っただけで、男という男は誰もが牧山はオレに惚れてる、そう思うのではないですか。そう錯覚させる何かを、牧山はたえず発散しておりました」

「でしたら、その未来さんをどうして引き止めなかったんです」

「そういう逸材は育ってくれないものです。育ってほしいが育ってくれない。ほんもののタレントというのは情熱のかたまりのようなものです。輝いています。みているこちらの心を浮き立たせてくれる。ところが情熱というのは、放っておくと燃えつきてしまう。やはりエネルギーの補給が必要なようですな……。小田切という青年が、牧山を受けとめ、牧山にエネルギーを補充してくれたら、牧山はほんもののタレントとして、富士山でいえば五合目ぐらいまでは行ったでしょう。だが、小田切という青年は牧山の危険さに気づいた。だから、逃げた。逃げるのが道理なんです。牧山は、そういう男……、そういう男というのは、牧山ほどではないまでも、それだけの器量を持った男という意味です。牧山を食べることは望んでも、牧山に食べられることに甘んじてはいない。そういう男にしか惚れない、夢中にならないのですから……」

静香は胸のなかでうなずいた。

小田切諒輔は上辺《うわべ》こそ調子がいいが、自分でも広言しているように〝野心家〟であった。

未来に食べられることなど真っ平《ぴら》だったにちがいない。

諒輔は未来から逃げようとした。

殺してでも逃げようとした。逃げないと、自分が食い殺されることを、無意識のうちに察し取っていたのかもしれない。

「仰ることは分かるように思います。ですが、これは殺人事件の解明のために、お話をうかがっております」

宮之原は遠山の話をさえぎり、

「いま話されたような高尚なことではなく、牧山未来と小田切諒輔をめぐって、きわめて現実的な思惑が動いていたのではないですか」

と、たずねた。

「現実的な思惑？　どういうことですか」

遠山は怪訝な表情でたずね返した。

「そのファインダーです。社長はファインダーに牧山未来と小田切諒輔のデートの写真が掲載されることを望んでいたのではないですか」

「なんのためです？」

「東京ファンドの柳瀬社長のお嬢さんと、こちらの専務の哲也さんの縁談が進んでいたのではないですか」

「いや……」

遠山の顔色が変わった。

宮之原はつづけていった。

「柳瀬由香里さんは小田切諒輔に夢中でした。ファインダーの写真は去年の十月の段階で、由香里さんにみせたのではないですか」

「何を根拠にそんなことをいうのかね」

遠山は図星を指されたように狼狽《ろうばい》した。急に言葉づかいが尊大になった。態度まで威圧的に変わっていた。

「根拠はありませんが、昨日、哲也さんにお聞きしたところ、満更《まんざら》でもないお顔でした」

「縁談がなくはないが、それとこれは関係ないよ。変なふうに勘ぐられるのは迷惑だ」

「縁談はあった。しかし、肝心《かんじん》の由香里さんの気持ちが小田切へ行ってしまってるのでは話にならないですね」

「だから、ファインダーにデートの写真を掲載させて、小田切が愛しているのは牧山未来だ、由香里さんにそう暴露したというのか」

「そのとおりです」

「バカな……。そんなことをして何になる……」

遠山は反論しようとしたが、あとの言葉がでてこなかった。言葉がでないというよりは、気力を失ったようにみえた。

「事件に関係のない話はご免こうむろう。こちらは忙しいのだ。今日はこれで失礼する」

と、ソファから立った。

「社長があいっておられますから……」

染谷が宮之原と静香を追い立てた。

宮之原はそれ以上、追及する様子をみせなかった。

5

「どうして、もっと追及なさらなかったんです？」

社長室をでると静香はたずねた。

昨日からついてまわって、宮之原がぐいぐい追及する性格でないことは承知しているが、今度だけは別であった。

遠山が葛城ゴルフ場へ行くのに、朝八時に家をでたのがあやしい。沼津で用件があったというのも、とってつけたように思える。

事件直後に捜査本部が事情聴取したときには話さず、追及されるとランリック化粧品といいだしたのも意味がありそうであった。

「わたしの心証では、遠山社長じゃないですね」

「でも、遠山社長、途中でガクッと気力を失ったようにみえましたが、あれは図星を指されたからじゃないですか」

「柳瀬由香里との縁談はたしかだと思う。由香里の気持ちを諒輔くんから引き離すために盗み撮りさせたのも事実だと思うんだが……」

話しながらビルをでた宮之原は、坂になった道を皇居のお濠《ほり》のほうへ歩きながら、

「諒輔くんが変なことをした。遠山社長も負けずに変なことをした。ここまでは確かです。だが、ふたりとも最後で躊躇《ちゅうちょ》したのじゃないかな」

と、空を仰いだ。

春らしい曇り空であった。

「でも、諒輔じゃない、遠山社長じゃないとしたら、犯人がいなくなっちゃうじゃないですか」

「だからといって、犯人をつくりだすことはできないでしょう」

「じゃあ、誰が未来さんを殺したんです?」

「こうなると、事件当日の朝八時から十時にかけて、東名高速下り線をとおった車全部をNシステムで洗いだすしかないかもしれない」

「できるんですか」

「わたしはダメですね。そんな根気がない」

「小清水さんならできるんですか」

「してくれますよ。ですが、小清水さんは忙しいんです。いまは国会が開かれてるでしょう。警察庁の幹部が議員にこたえる〝模範答弁〟は、小清水さんが書いている。あの細い

からだで三日連続徹夜をしたりしていますからね……」

宮之原は左手の国会議事堂へ目をやった。

「未来さんが車で引佐へ向かったことは確かなんですか」

静香はたずねた。

「それは確かです。新幹線を使った形跡がまったくないのだから……」

「そしたら、諒輔か遠山社長、そのふたりのどちらかの車で天白磐座へ行ったことになるわ」

「マネージャーの染谷さんは間違っても牧山未来を殺せないでしょうね」

「ええ……」

「ひとり可能性のある人物がいるんだが……」

宮之原は気のない口調でいった。

「誰です？」

「遠山哲也ですよ」

「えっ！」

静香は飛びあがりそうになった。

昨日、会った二十五歳の専務取締役は、ちょっぴり気障《きざ》で嫌味を感じなくはなかったが、気のよさそうな好青年であった。

だが、そのつもりで考えると、疑わしく思えなくもなかった。

遠山哲也は当事者であった。

哲也が柳瀬由香里と結婚するつもりだとしたら、諒輔を排除することが第一条件であった。

遠山社長が変な動きをしたのは、捜査の目を自分に引きつけておくためではないか。

遠山の立場なら直接の実行犯は、土屋のような共犯を使うだろうが、できれば共犯など使わないのにこしたことはない。

どんなことで裏切られるかわからない。

裏切られないまでも、別の事件で逮捕され、そこから足がつくケースもあるだろう。

その点、身内なら間違いないはずであった。

遠山社長は捜査の目を自分に引きつけ、そのじつ、動いたのは哲也だった。

〈染谷には内緒で、最後のご奉公をしてくれ〉

それを最後に気持ちよく、プロダクションを送りだすことにするから……。

と、未来を情で口説いて奥浜名湖観光協議会の撮影だと偽り、染谷の代わりにマネージャー役を引き受けることで、未来を迎えに行く。

プロダクションの社長と専務が、殺害計画を練っていたとは思わない未来は、易々《やすやす》と誘いの車に乗った。

車は東名高速を一直線に浜松西インターへ。

インターを降りると天白磐座遺跡へ。

哲也は渭伊神社のほうから遺跡へ登ったのか、裏の団地の横に車をとめ、磐座へと未来をいざなって行ったのか。

そのどちらにせよ、哲也以外に犯人はあり得ない。

「行きましょう」

静香は走りだしたい気持ちでいった。

「どこへ行くんです？」

「だから、二十五歳の専務取締役のアリバイを聞きに行くんです」

「事務所にはいませんでしたよ」

「どこにいるのか、電話で聞いてもらってもいいですか」

静香はバッグから携帯電話を取りだした。

遠山プロの番号を押した。

電話にでたのは受付嬢であった。

「ついいましがたお邪魔した警察の者ですが、専務さんのお話を聞く用件ができたのですが、どこにおられるのでしょうか」

静香はドキドキしながらいった。

襟首《えりくび》のあたりがカーッと火照《ほて》っていた。

「ちょっとお待ちください」

受付嬢はそう断り、電話の声が変わったと思うと、

「哲也になんの用です?」

遠山がたずねた。

その声が震えていた。

「専務にお会いしたいのです」

「だから、どういう用件です?」

遠山は明らかに動揺していた。

「用件をいわなければ連絡を取っていただけないのですか」

静香は携帯を耳からすこし離した。

話さなくても携帯特有の金属的な音が受話器から洩れているが、宮之原に遠山の声を聞かせるためであった。

「警察、警察というが、警察なら何でも聞いてよいのかね。もういい加減にしてほしい！」

遠山は投げつけるようにいうと、電話を切った。

「警部さん……」

静香は会心の笑みを洩らした。

遠山は明らかに哲也を尋問されるのを恐れている。

恐れる理由は哲也が実行犯だからだ。

静香の胸のなかで、それは確信に変わろうとしている。

6

「二十五歳の専務の居所を探してみますか」

宮之原はそういうと携帯を取りだし、ピッポッパッと短縮ダイヤルを押した。

相手はすぐにでたようだ。

「宮之原ですが、遠山プロの専務、遠山哲也を知ってますか」

宮之原は話しかけた。

静香は息を飲む思いで宮之原をみつめた。

「名前は知ってますが……」

「年齢は二十五歳なんだ。親の家をでてひとりでマンションに住んでるというんだが、携帯の番号を知りたいんです」

「聞いてみましょう。折り返して電話します」

相手はそういって電話を切った。

「どなたなんです？」

静香はたずねた。

「全日本テレビの朝のワイドショーのプロデューサーですよ。連城蘭《れんじようらん》というリポーターが活躍してるでしょう」

「警部さん、そんな方とお知り合いなんですか」

「もう十年以上になりますね」

「そういえば……」

静香は連城蘭という小柄で歯切れのよいリポーターを思いうかべた。ときどき、えっと思うような社会派の事件を取りあげて、政治家や高級官僚に切り込んで行くのを驚きながらみたことがある。

あれは宮之原が裏でアドバイスしてたのだろうか。

宮之原の携帯のベルが鳴った。

「割と評判がいいようですよ。六本木の麻布《あざぶ》警察の裏にあるマンションに住んでるようです。携帯の番号は……」

ワイドショーのプロデューサーは、〇九〇で始まる番号を告げた。

「ありがとう」

宮之原は電話を切り、いま聞いた〇九〇ではじまる番号をプッシュした。

「はい、遠山哲也ですが……」

受話器から声が洩れてきた。

静香が真っ赤な顔になって聞き出すどころか一蹴《いっしゅう》された遠山哲也が、電話にでていた。

「昨日はお世話になりました」

宮之原は挨拶をし、

「もう一度、お会いしてお聞きしたいことができたのですが、いま、どちらにおられますか」

と、用件を告げた。

「六本木におりますが、どういう用件でしょう」

「お会いして、お話しいたします」

宮之原はつよい口調でいった。

「でしたら、ロアビルの向かいに『雅楽之助《うたのすけ》』という喫茶店があります。いまから二十分後にそこでどうでしょう」

「結構です」

宮之原はそういって、携帯のアンテナをたたんだ。

タクシーを拾った。六本木へ向かった。

ロアビルは静香が高校生だったころ憧れた。奥浜名湖の町の高校生だから、雑誌でみて想像するだけだったが、流行の発信地であった。

さすがにいまは滅多に聞かなくなったが、憧れのロアビルは冴《さ》えない普通のビルでしかなかった。

『雅楽之助』という喫茶店はすぐ分かった。

名前から民芸風をイメージしたが、パリから切り取って持ってきたような洋風で古めかしい構えの店であった。

哲也はすでにきて待っていて、

「ここ、コーヒーが最高ですよ」

向かい合った椅子にすわった宮之原にいった。

宮之原はコーヒーを注文し、

「失礼します」

ダスターコートを脱ぐと、ポケットから缶ピースを取りだして、テーブルの上に置いた。

どーんと置いたわけではなかったが、宣戦布告をするような迫力があった。

「三月三十一日、朝八時から午後二時ごろまでのどの時間でも結構です。どこにおられました?」

宮之原はたずねた。

哲也は息を飲んだ。頬が引きつっていた。

「マンションにおりました」

哲也はこたえた。

「どなたか証明するひとがいますか」

「その日は籠《こ》もってドラマにする原作の本を読んでいましたので……」

「なんという本です?」

「…………!」

哲也は返事につまった。

マンションに籠もって、本を読んでいたというのが嘘なのは明らかであった。

「これはサスペンス・ドラマではないんです。アリバイを証明していただけないと、大変なことになります」

「いや、警部さんが考えておられるようなこととは全然、違います。話せない事情があるんです」

「どういう事情です？　秘密は守りますよ。ありのままをこたえていただきたい」

「ええ……」

哲也は目を伏せた。

ウエーターがコーヒーをふたつ運んできた。

六十年輩のウエーターであった。鼻のしたのヒゲがよく手入れされていて、威厳があった。

ウエーターが去って行くのを待って、

「二、三日、考えさせていただけませんか」

哲也はいった。

「いつまでです？」

「来週の月曜日、八日はどうでしょう」

「八日ですね。よろしいでしょう」

宮之原はコーヒーをひと口飲み、缶ピースの蓋を開けると一本をつまみだして、唇にくわえた。

テーブルには灰皿が置かれてあった。

煙草を吸ってよい店であった。

「ついさっき、遠山社長に会いました。牧山未来について非常に買っておられました。ほんものタレントだ、逸材だ、情熱の塊《かたまり》だが、その情熱を自分で処理することができない。自分の情熱で自分を焼きつくして行くといわれた……」

宮之原はそういい、

「わたしは桂銀淑《けいうんすく》という歌手が好きでしてね」

と、ひとり言をいうように口にした。

哲也はなんの話か呆然《ぼうぜん》と宮之原をみつめていた。

宮之原はつづけた。

「桂銀淑の持ち歌だけでなく、ほかの歌手のいい歌を歌ってほしいと思いました。石川《いしかわ》さゆりの『天城越《あまぎ》え』とか五輪真弓《いつわまゆみ》の『恋人よ』、山口百恵《やまぐちももえ》の『いい日旅立ち』……。美空《みそら》ひばりの『みだれ髪』なんかもいいですね。どうしてそういう企画がでないのか。不思議に思っていたんですが、桂銀淑も自分で自分を焼きつくしていくタレントだったようですね」

と、いった。

「ええ……。わたしは噂で聞いただけですが、彼女はギャンブルがひどかったそうです」

哲也がいった。

「なにかの雑誌にそう書かれているのを読みました。ひと晩に一億円を賭けるとか……」

宮之原は溜息をつき、

「社長は情熱といわれたが、悪魔《デーモン》でしょう。デーモンを抱えてのたうちまわっている。その呻きが桂銀淑の歌であり、牧山未来の魅力なんでしょうね」

と、いった。

静香は中森明菜《なかもりあきな》を思いうかべていた。

歌も嫌いではないが、ドラマの明菜が好きであった。コメディタッチの明るいドラマを演じながら、時折ぞーっとする淋しさをみせる。

死を連想させる悲しさのようなものを、深刻なドラマとしてではなく、何気ない表情のなかに感じさせるところに魅せられていた。

その中森明菜も情熱を自分で処理できないタレントのひとりではないか。

「では……」

哲也は伝票に手をのばした。

宮之原がそれより早く、伝票を手にしていた。

「それは、わたしのほうがお呼びしたのですから……」

哲也が恐縮するのに、

「ご心配なく……。それよりも、思いつめないでください」

と、いった。

「ありがとうございます」

哲也は頭をさげ、逃げるように喫茶店をでて行った。

「やっぱり、犯人なんですか」

静香はたずねた。

「いや。違いますよ」

宮之原は首を横に振った。

「でしたらどうして？」

「わからない。ですが、裏をとらなきゃならない。もうひとり会いましょう」

「誰ですか」

「柳瀬由香里です」

宮之原はいった。

静香は胸を衝かれた。

柳瀬由香里となぜ会わなければならないのか。

はっきりとは分からないが、影の主役であることは間違いなかった。

第6章　都田川《みやこだがわ》・葉桜の姫様道中の裏で

1

柳瀬の邸は麹町《こうじまち》にあった。

東京で最高のお屋敷町は、田園調布《でんえんちょうふ》でも成城学園《せいじょうがくえん》でもなく、麹町だろう。柳瀬の邸《やしき》はベルギー大使館のちかくに、西洋の城のような外観をみせていた。

隣も向かいも和風の屋敷で、むかしの日本の屋敷がそうだったように、庭をひろくとり、みどりの植え込みを繁らせているなかで、柳瀬の邸だけが奇抜なパフォーマンスを演じていた。

成金――。

静香の胸のなかで、その二文字が明滅した。

金ならあるぞ。西洋の城のような邸は、そう主張していたが、静香の目にはみるだけで悲しく映《うつ》った。

ひところ、日本の都市は公園がすくないと論議された。

数字だけみればそのとおりだろうが、日本の家は庭をひろく取り、背のたかい木、低い灌木《かんぼく》をバランスよく植え、町全体をみどりにするのがセオリーであった。

麴町もマンションが多くなり、植え込みで美意識を表現する屋敷はすくなくなっているが、柳瀬の邸はわずかにのこった日本の屋敷町の景観を、ひとりでぶち壊していた。

城砦《じょうさい》のような門構えにつけられているインターホンを押した。

宮之原と静香を斜めうえから監視カメラがみつめおろしている。

「どなたですか」

お手伝いさんらしい女性の声がたずねた。

「警察の者です。お嬢さんの由香里さんに、お話をうかがいたいのです」

宮之原がこたえた。

「お嬢さんに警察？　どうしてそんな……」

女性は絶句した。

「遠山プロの専務のことでおたずねしたいことがあります」

「ちょっと待ってください」

インターホンは切れた。

三分ほど待たされた。

玄関が開いた。タイル張りの階段になったアプローチを二十二、三歳の女性が降りてきた。

お世辞にも美人とはいえないが、年齢に似合わない落ち着きが感じられた。

女性は門扉《もんぴ》の鍵をはずし、

「柳瀬由香里でございます。どうぞ……」

玄関へと招き入れた。

「いえ。立ち話で結構です」

宮之原は門扉をはいったところで足をとめ、

「失礼ですが、遠山哲也さんとのあいだで縁談がおありでしょうか」

と、たずねた。

由香里はしばらく宮之原をみつめていたが、

「遠山さんのお父さまとわたしの父が熱心ですが、ご本人はそうじゃないと思います」

と、いった。

「と、いいますと……」

「あの方、お好きな方がいらっしゃいます。お父さまが熱心で、がっかりさせたくないから、おつき合いしていることにしてほしい、そう仰っておいででした」

由香里はそういうとほっそりと微笑んだ。

明るい笑顔であった。

「すきな女性というのをご存じですか」

「お喋りしていいのかしら……」

「わたしたちは哲也くんのアリバイを疑っております。哲也くんが話すのを拒否したからですが、いつまでも話してもらえないと、殺人事件の嫌疑がかかる結果を招きます」

「…………！」

由香里は胸のまえで腕を組合わせ、ちょっと身震いをし、

「モデルをなさってる野波奈美枝《のなみなみえ》という方がいらっしゃいます。その方と相思相愛だと仰っておられました」

と、いった。

「分かりました。それだけお聞きすれば結構です」

宮之原が引きあげようとするのへ、

「あの……」

由香里は呼びとめた。

宮之原は振り向いた。

「父は小田切さんが犯人だともうします。そうなんでしょうか」

由香里の顔が引きつっていた。

「どうお考えです?」

宮之原はたずね返した。

「わたくしは小田切さんを信じております。小田切さんはいろんなことに好奇心をお持ちで、ときに誤解されることはありますけど、根はやさしい方です。ひとを殺すなんて、そんなことはできない方です」

由香里はひたむきな表情でいった。

「そのとおりです。信じて間違いありません」

宮之原は微笑をうかべた。

そよぐような微笑であった。

由香里の表情に明かりが灯った。

容貌を超えた美しい表情であった。

静香はほんのちょっと妬《ねた》ましく感じた。胸のなかにわずかだが、蔭を落としていた諒輔が消えて行くのを覚えた。

由香里は門のそとまで送ってきた。去って行く宮之原と静香を角を曲がるまで見送っていて、振り返るとお辞儀をした。

〈美人か〉

と、たずねた宮之原に、

〈そこまでは贅沢でしょう。気立てがいいんです〉

と、いった諒輔の言葉が静香の胸のなかで舞っている。

諒輔は選択を間違わなかった。

静香はそう思った。

牧山未来《みき》に食べられ、栄養と化す青春も悪くないが、それは三十八歳の静香だから思うことで、若い諒輔にそこまでの自己犠牲を要求するのは酷だろう。

見送っている由香里から逃げるように角をまがると、

「野波奈美枝に会って確認します」

宮之原は携帯を取りだした。

小清水峡子の電話番号を押した。

「野波奈美枝というモデルがいます。所属事務所を調べてください」

それだけで話はつうじた。

二分と経たず、宮之原の携帯のベルが鳴り、

「渋谷《しぶや》です。渋谷一の三の……」

峡子は地番と電話番号を告げた。

2

野波奈美枝とは渋谷の道玄坂《どうげんざか》入口のパーラーで会った。

ステージモデルだけあって、宮之原と並ぶと身長がほとんど変わらなかった。細くてしなやかなからだに黒とシルバーのドレスがよく似合っていた。

肌の色が夏の浜辺で焼いたように浅黒く、顔立ちがエキゾチックであった。四分の一ほど南の血が交じっているのかもしれない。

「遠山プロの専務の遠山哲也さんと親しいですね」

宮之原がたずねると、奈美枝は怯《おび》える表情になった。ネコのような目が妖《あや》しくふるえた。それが女の静香にも美しく思えた。

最先端の職業でありながら、親に隠して恋をしている。それが不自然でないのは、血のせいなのか。性格なのだろうか。

「このまえの日曜日、どこにいました？」

宮之原がたずね、奈美枝の怯えはさらにひどくなった。

「これは遠山社長には内緒です。ほんとうのことを話してほしい」

宮之原は優しくたずねた。

「横浜のホテルにいました」

奈美枝はやっとこたえた。

言葉のアクセントがすこしたどたどしかった。

「いつから？」

「そのまえの夜から……」

「遠山哲也と一緒ですね」

「もちろんです」

「日曜日は何時までいました？」

「夕方までいました」

奈美枝はそうこたえ、

「海をみていたんです」

あわててつけくわえた。

その目がひたむきであった。

「ホテルの従業員はあなたたちをみていますか」

「みてます。ルームサービスを取りましたし、ランチにはレストランへ行きましたから……」

奈美枝は訴えるようにいった。

嘘をいってる顔ではなかった。

「遠山社長はあなたたちの結婚に反対してるのですか」

「ええ……」

「どうして反対なのです？」

「お父さんは哲也さんに許嫁《いいなずけ》がいるといいます。哲也さんは、それは、違うという。わたしはどちらでもかまいません。いま、愛している。それで充分なのです。でも、お父さんにみつかると叱られます」

静香はうなずいた。

遠山の反対は日本人の多くが持っている純血指向のせいとは思えなかった。経済的な理由で柳瀬由香里と結婚させたいのだろう。

もっといえば、柳瀬の財力が魅力なのだろう。

哲也は父親の気持ちを理解できても、奈美枝への愛情を捨てることができないのだろう。

二十五歳なのだ。金銭と愛情のどちらを取るかといわれれば、愛情を取ると考えて不思議のない年齢であった。

遠山プロのひとり息子。経済的な不自由さを知らずに育った哲也は、貧しいなかで勝つことだけを目指し、ホストまでしてのしあがってきた諒輔ほど、切実な人生を歩んでこなかった。

「お手数をかけてすみません。ですが、あなたのひと言で哲也くんは殺人事件の容疑者にならなくてすみました」

宮之原はそう告げて席を立った。

哲也の容疑は晴れた。

だが、これで容疑者はひとりもいなくなった。

パーラーをでた。渋谷はひとの渦《うず》であった。華やかな春のファッションが溢れ返っている。

だが、宮之原は心なし元気がなかった。

無理もない。

諒輔、遠山社長、哲也。三人が三人、シロと分かった。捜査は振りだしへもどったのだ。

「引佐へ帰りますか」

スクランブル交差点の信号が青に変わるのを待ちながら、宮之原は呻くようにいった。

「帰って捜査ができるのですか」

「捜査本部の記録をよく読めば、み落としていたことに気づくかもしれない」

「それよりはNシステムを片っ端からあたるの、どうですか」

「わたしはNシステムを憎悪しています」

宮之原は苦笑した。頰が引きつるような苦笑であった。

「憎悪？」

「だってそうでしょう。犯人と刑事が知恵のかぎりをつくして、渡り合うのが犯罪であり、捜査ですよ。カメラで隠し撮りしておいて、証拠はこれだというんじゃ、あとだしジャンケンのようなものです。勝ってあたりまえですからね」

信号が青に変わった。

ひとびとが一斉に歩きだし、ファッションが揺れ動いた。

そのとき、宮之原の携帯が鳴った。

宮之原は歩きながら、携帯を耳にあてがった。

「龍山村で発見された土屋の車のなかから、カメオが発見されました」

小清水峡子からの通報であった。

「カメオ？」

「日本製のカメオで、畑中瞳のものだそうです」

「畑中瞳？」

交差点をわたり終えた宮之原は信号の下で立ち止まり、静香へ顔を向けた。

畑中瞳は土屋のワゴンで、天白磐座へ行った。

そのとき、落としたのだろう。

静香はそう思ったが、

「そうか。それがあった」

宮之原の顔に精気がもどってきた。

「それってなんなのです？」

「牧山未来は諒輔くんには殺せなかった。遠山社長もおなじだ。才能につき合っていると、お守をさせられたうえ、食べられてしまうが、才能そのものを評価している諒輔や遠山社長には、牧山未来を抹殺《まっさつ》することができない。抹殺できたのは牧山未来の才能に気づかなかった連中だ」

宮之原はそう口走ると、

「諒輔くんを呼びなさい」

と、いった。

「どうして諒輔を呼ぶんです？」

「一緒に引佐へ行くんだ」

「引佐へ？　諒輔が犯人なんですか」

「そうじゃないが、わたしの鼻面《はなづら》をにぎって引きずりまわした罰だ。引佐へ連れて行って、真犯人をみせてあげる」

「誰なんです？」

静香は叫ぶようにたずねた。

土屋の車のなかに畑中瞳のカメオが落ちていた。

それで真犯人が分かるのか。

頭をフル回転させても、静香には犯人のハの字も分からない。

「虎ノ門パストラルの新館ロビーへこさせなさい。ただし、車はダメだ。わたしの車で引佐へ行く。電車でくるようにいいなさい」

宮之原はそういうと渋谷駅へ向かって歩きはじめていた。

3

諒輔は飛んできた。

宮之原が運転して、パストラルを出発した。

月のはじめの金曜日、首都高速はそろそろ混みはじめていたが、なんとか東名高速にはいった。

「天白磐座へ連れて行って、オマエが犯人だ逮捕するなんて卑劣なことはしないでしょうね」

用賀料金所を通過したとき、諒輔はパストラル以来、三度めにそういった。

「やったのなら、自供するのはいまのうちだよ。罪一等を減じてもらえるからな」

宮之原が軽口をたたき、

「やってませんよ」

諒輔は鼻を鳴らして黙り込んだ。

宮之原はアクセルを踏み込んだ。

「警部、この先にスピード違反をチェックするカメラがありますよ」

諒輔がアドバイスをしたが、宮之原はかまわずにスピードをあげた。メーターが振り切れ、スピード違反を警告するベルが鳴った。

「きみはカメラがあることを知ってて、スピード違反をしたな」

「ええ……」

「アリバイ証明のつもりだったのか」

「そうです。未来が一緒に行けない、舘山寺温泉の湖山荘で落ち合おうといいだしたときから、なんとなく嫌な予感を覚えたんです」

「きみが湖山荘に堀尾を呼びだせといったのは、いつだった？」

「一週間ほどまえでした」

「堀尾は細江に帰っていたね」

「ええ……」

春休みにはいっていた。堀尾は帰省していた。

スピード違反をチェックする監視カメラは、一定以上のスピードで通過した車だけを撮影する仕組みらしい。

日比谷のラウンジで小清水峡子がみせた写真のなかに、運転している諒輔の顔まで、ばっちりと写っていたのがあった。それがこのカメラらしい。

諒輔はスピード違反を承知でカメラに写されることをえらんだ。顔まで写る警察のカメラは何よりもアリバイを証明してくれるからだ。

会話は途切れた。

宮之原はスピードを落としたが、それでも百キロは維持し、御殿場《ごてんば》まで突っ走った。

富士川サービスエリアでひと休みした。

コーヒーを飲みながら、

「きみは引佐や細江に三回行って、犯罪計画を練ったそうだな」

宮之原が諒輔に話しかけた。

「嫌だな。向こうへ着いた途端、逮捕じゃないでしょうね」

諒輔は本気で気にしていた。

「それを尾行されていることに気づかなかったのか」

「尾行? それはできませんよ」

「フェラーリでまいたと思っていたのだろうが、ちゃんとマークしていた」

「そんなこと、誰ができたんです？」

「推測がつかないか」

「つきますよ。未来と関係のある人物なんだから、遠山社長でしょう」

「そのとおりだ。きみと遠山社長、ふたりがガチャガチャやってくれたものだから、わたしはスケールの大きい犯罪だと思った」

「大きくなかったんですか」

「わたしはスケールの大きい犯罪にめぐり合うことを願っている。今度こそそれだと思った。それが間違いの出発点だったんだな」

「警部さん、どうしてそんな犯罪にめぐり合いたいんです？」

静香がたずねた。

「Nシステムを憎悪してるといったでしょう」

宮之原は顔をしかめた。

「でも……」

「テレビのニュースをみてご覧よ。後先のみさかいもなく、行き当たりばったりの事件ばっかりでしょう。警察は計画殺人だと点数があがるから、ちょっと下見をしただけでも計画殺人事件だと騒ぎたてるが、そんな高級な事件はとんとお目にかからない。現実がそうだから小説の世界もそうだね。凄みのある犯人でないと面白い小説にならないが、そんなのは読んだこともない」

「だからいったじゃないですか」

諒輔が口をはさんだ。

「日本で車を使う犯罪はできないって……。道路という道路にカメラが仕かけてあるんだから、捕まってもかまわない、なんだったら自分のからだごと爆弾でぶっ飛ばしてもいいって、テロのようなことしかできませんよ」

「怪人二十面相の時代は終わったかね」

「怪人二十面相って、子供だからわくわくしたんで、あれはそんな大物じゃないですよ」

「そうだろ、だから明智小五郎《あけちこごろう》も冴《さ》えないんだ。ほんとうの大物を相手に知力のかぎりをつくした捜査をしたい。そのために捜査官をやってるんだがね」

「警部さんのこと、オレは尊敬してたんだけど、いまの話を聞くと、それほどの人物じゃないな」

諒輔は憎まれ口をたたいた。

静香は昨日までのように、

〈諒輔!〉

と、たしなめる気持ちがなくなっている自分に気づいた。

諒輔が遠い人物になってしまっている。

「わたしはもともと、そんな大人物じゃないよ」

「そんなに開き直らないでください。斬ったり刺したり殺したりするのは、いまや犯罪のなかの中小企業なんじゃないですか。いまの大犯罪は政治と経済ですよ。そっちを狙えば大悪党がいくらでもいると思いますがね……」

「それは分かってるが、政治とか経済というのは、存在そのものが犯罪だからね」

宮之原は首を横に振り、

「よく、政治家や官僚の質がわるくなったといわれるが、あれは嘘だよ。いまの政治家や官僚がしている悪いことは、つい二十年ほどまえは、彼らの当然の権利だった。もっとさかのぼって太平洋戦争のまえは、何をしてもよかった。司馬遼太郎《しばりようたろう》という作家が、『明治の政治家は綺麗《きれい》だった。すくなくとも構造汚職などなかった』と書いているが、あのひと何を勉強してたのだろうね。明治の政治家は財閥のまる抱えだった。政治資金から料亭で遊ぶ金まで、全部、財閥にださせていたうえ、機密費なんてのはつかい放題だったのだよ」

と、いった。

「ほんとうですか」

静香は目をみはった。

「ほんとうも嘘も、日本中の都市をみてご覧。盛り場はどこの町も県庁や市役所のちかくにある。高級な料亭で飲み食いするのは、官僚とそれにつながる政治家。そう決まっていたのです」

静香は昨日、走りまわった東京を思いうかべた。

霞が関の官庁街と赤坂《あかさか》は隣り合わせであった。

浜松もそうだ。

諒輔がいった。

「そうか。そういえば、むかしの詩に『酔うては枕す、美人の膝。起きては論ず天下のこと』というのがありましたね。飲んで、酔って、寝て、その合間に政治を論じていたんだ」

「そのとおりさ」

宮之原はうなずいた。

「でも、いやね……」

静香は眉をひそめた。

「わたしもいやだが、政治家や官僚を相手に事件捜査をしても、一般のひとには何の面白味もないといってるんです」

それには同感であった。

政治や経済にかぎったことではないが、組織や集団の悪を扱ったミステリーは、面白さの質がちがう。

〝悪の組織〟をたたき潰《つぶ》す痛快さはあっても、誰が犯人かという謎解きの魅力がない。

政治家とか官僚といった権力を持ったひとたちが、多少の差はあっても、後ろ暗いことをしているのは、常識のようなもので、承知していることを、〝これが現実だ〟と突きつけられても、読む静香はシラケるばかりであった。

ミステリーは個人の犯罪のほうが楽しめるし、捜査官としての宮之原には、個人が引きおこした凶悪犯罪を追及してほしかった。

「ところで、未来を殺したのは誰なんです？」

諒輔が気がかりそうにたずねた。

「原因をつくったのが、きみなのは間違いないね」

「オレがですか。どうして？」

諒輔は不服そうであった。

「だって、殺人計画を立てたのでしょう」

静香がいった。

「それを利用して、未来を殺した奴がいたら、原因をつくったのはオレになるが、そうじゃないんでしょう」

諒輔は宮之原にたずねた。

「さあ、どうだろう」

宮之原はそんな大事なことを簡単に話せるかという表情で、

「行こうか」

と、席を立った。

4

浜松西インターで降りた。

正面がマクドナルドの赤い看板であった。

事件当日、静香はあのまえで諒輔を待っていた。

諒輔のフェラーリは県道へでるとすぐ左折したが、宮之原は直進した。マクドナルドのまえを道なりに進んだ。

右手は航空自衛隊の浜松基地で、基地に沿って五分ほど走ると国道257号線にでた。

引佐町を縦断して、愛知県へとつうじている国道であった。

その国道をすこし進むと、左側にフラワーショップ『花丘』があった。

未来から湖山荘へきてほしい、話し合おうという電話を受けた堀尾が、事件当日、じっとしていることができずにバラの花を買いにきた花屋であった。

宮之原は花丘を横目にみて、すぐ先でふたつに分かれている道を左のほうへはいった。

細江へと通じる県道、むかしの姫街道であった。

姫街道を忠実にたどると六地蔵や千日堂のまえをとおるのだが、県道磐田細江線はその部分だけ、バイパスのようになっている。

松並木と別れ高原状の道を走り、都田川にかかる橋をわたった。

宮之原は気賀の辻にかかる手前を左折し、復元された関所へつうじる道へ車を乗り入れた。

関所のまえを右折した。

天竜浜名湖線の踏切をわたった。

ここまでくると、宮之原がどこへ行こうとしているか、静香にも分かった。

堀尾の家へ向かっている。

あの幼い学生が犯人なのか。

静香が違和感を噛みしめたとき、宮之原は堀尾の家のまえに車をとめた。

「ちょっと待っててください」

宮之原はそういうと車を降り、ひとりで玄関をはいって行った。

諒輔は『堀尾』の表札をみつめ、

「あいつがなんで、未来を殺すんだ？」

怪訝そうにつぶやいた。

「諒輔が原因をつくったんだから、ヒントになることは湖山荘しかないんじゃないの」

と、静香はいった。

堀尾を湖山荘に呼べと、諒輔は未来にいった。

そのまますっぽかして湖山荘へは行かないつもりだった。焼けぼっくいに火がついて、
未来が諦めてくれると考えたのだ。

「どうして湖山荘なんだよ」

諒輔が口をとがらせたとき、宮之原が堀尾を伴って玄関をでてきた。

「諒輔くん、きみが運転をしてくれ」

宮之原は後ろの座席に、堀尾とならんですわり、

「気賀の関所のまえへ行ってくれ。駐車場が空いていたから……」

と、いった。

車はUターンし、関所のまえの駐車場へ向かった。

「ここでいいですか」

諒輔は駐車場に車をとめた。

駐車場の真ん前が気賀の関所、左手が細江警察署であった。

夕暮れにはすこし時間があるが、空気の色にうっすらと夕闇の匂いがただよいはじめていた。

「先月の二十三日ごろ、牧山未来からきみに電話がかかってきた。三十一日に細江に帰る、その日、湖山荘で会わないかという電話だった」

と、いった。

「はい……」

堀尾はこたえた。

犯人とは思えないほど落ち着いていた。

「きみは承知したね」

「はい……」

「その晩、きみは未来の電話に疑問を感じた。いつもはすげないのに、どうして湖山荘なのか。未来の真意に不安を持ったきみは、考えたあげく未来に電話をして交換条件をだした……」

「………」

「細江に帰ってくるのなら、東京まで車で迎えに行く。細江まで一緒にドライブしてくれないか。それともうひとつ、お別れの写真を天白磐座で一枚だけ撮りたい。それをかなえてくれたら、今後、追っかけをやめる。きれいに別れる、と……」

「………」

天白磐座は堀尾にとって記念の地であった。高校生のとき、天白磐座でファースト・キスをした。

未来は堀尾のいうことを信じたのだ。

湖山荘でトラブルを起こすより、綺麗に解決して諒輔と楽しい一夜をすごしたい。

そう考えて諒輔に奥浜名湖観光協議会からの仕事が急にはいったといった。

「きみはその話を畑中瞳にした。なぜ、畑中瞳にしたのか。瞳は姫様道中のお姫さま役を未来にとられて恨んでいたからだ……」

宮之原はちょっと言葉を切り、

「つまり、きみの心のなかに未来への殺意が芽生《めば》えていた。きみひとりでは自信がないが、瞳とふたりならできるのじゃないか。そう考えた」

「違います！」

堀尾はいった。

「どこが違う？」

「ぼくは未来を東京へなんか迎えに行っていません。天白磐座も記念写真も頼んだりしていません。だいいち、未来が殺されたという時刻に、ぼくは花丘へバラを買いに行ってたじゃないですか」

「きみは確かに花丘に寄った。だが、それは浜松西インターを降りたあと、ほんのすこしまわり道をしただけのことだ。未来を乗せた車をとめて、花丘で花を買っただけじゃないか。天白磐座へ行くまえに花丘に寄ったのだよ」

「そんな憶測《おくそく》をしないでください。どこに証拠があるんです」

堀尾は肩をそびやかした。

「証拠はあるんだよ」

宮之原がこたえた。

「どこにあるんです？」

「きみはNシステムというのを知ってるかね」

「……？」

「高速道路にはいろんな監視カメラが設置されている。スピード違反をチェックするカメラもある」

宮之原は車のダッシュポケットから、写真を取りだした。赤いフェラーリと運転している諒輔が写っていた。

「ぼくが写ってるというんですか」

堀尾は叫ぶようにたずねた。

その声がふるえていた。

「きみの車をチェックしてるのはNシステムのほうだ。Nシステムはとおる車を一台残らず自動的に記録するのだ。きみの車ももちろん写っている。ナンバーをコンピューターにかけると、三月三十一日午前八時何分、用賀料金所を通過……。簡単に結果がでるんだ」

「……！」

堀尾の顔から血の気が引いた。

だが、そう簡単に音をあげるかというように、堀尾は胸を張って耐えた。

「まだあるよ。きみは龍山村の青少年旅行村を知ってるね」

「知りませんよ」

「高校生のとき行ったはずだ。畑中瞳も行ってる。ふたりに共通の土地カンがあった。だから、そこを選んだのだろうが、三月三十一日の夜八時から真夜中にかけて、きみは家にいたかね」

「……………」

堀尾はこたえることができなかった。

宮之原はつづけた。

「畑中瞳が土屋の車で、龍山村平沢へ向かった。車ごと崖から転落させて殺すためだ。畑中瞳がどうやって土屋の車を転落させたかは、瞳からじっくり聞くとして、きみはその畑中瞳を迎えに行った」

「……………」

堀尾のからだが悪寒《おかん》におそわれたように震えだした。震えが次第にはげしくなっていった。

細江から龍山村平沢まで、行って帰って六十キロ。

道路は整備されているものの、夜の山道なのだ。ひとつ迷うととんでもないところへ行ってしまう。

スピードをだしてぶっ飛ばすことはできなかった。どう手際よく往復しても、三時間から四時間はかかったはずであった。

「アリバイというのは因果《いんが》なものでね。これだけはきみがその場所にいないかぎり、いたことを証明できない。つまり、三月三十一日の夜、きみがどこにいたかを証明できる人物は、畑中瞳ひとりだ」

堀尾のからだが揺れた。

それでも必死に胸を張り、やましいところがない振りを装っている。

宮之原はその堀尾の肩をたたいた。

「さあ、そろそろほんとうのことを話したらどうだ。きみの場合は牧山未来を殺害した動機、殺害した方法、アリバイ、畑中瞳という共犯。すべてが揃っている。どんなに頑張ったところで、逃げきることはできない。話すと気持ちが楽になるよ」

「…………」

堀尾は黙り込んだ。

車のなかは静まり返り、空気が凍った。

そして、次の瞬間、堀尾は沈黙に耐えきれなくなったようにいった。

「未来を殺そうといいだしたのは瞳です。ぼくはそんな気持ちなんかなかった」

「瞳はどうやって殺そうといった？」

「天白磐座へ未来を連れてきてくれ。土屋と私が待っている。殺すのは土屋にまかしてある、と……」

「だが、土屋も瞳もいなかったね」

「だから、未来がカメラマンなんかいないじゃないか。帰るといいだしたんです」

「で、どうやって殺した？」

「首を絞めたんです」

「何で？」

「…………！」

堀尾は言葉につまった。

両手や腕で絞めたのではない。ロープを用意していた。

東京で再会してから二年間、翻弄《ほんろう》されつづけた堀尾は、未来に対して愛憎こもごもだったのではないだろうか。

愛憎こもごもは諒輔も遠山社長も変わりなかったが、ふたりには牧山未来の才能への哀《あい》惜《せき》があった。

堀尾にはそれがなかった。

カメラマンがいない、帰るといいだした未来。

堀尾は隠し持っていたロープを未来の首にまわした。そのとき、堀尾の脳は真っ白になっていたに違いない。

「きみはロープを用意してたね」

宮之原がいった。

堀尾は肩で息をついた。

「…………!」

堀尾の口から嗚咽《おえつ》が洩れた。

そして、次の瞬間、両手で顔をおおったと思うと、わーっと大声をあげて泣き出していた。

静香は助手席から、振り向くことができなかった。

〈湖山荘へきてくれない?〉

未来からの電話がなかったとしたら、堀尾はこんな罪を犯すことはなかった。

〈湖山荘で話し合おうよ〉

すべては未来のそのひと言からはじまった。

そして、そのひと言を告げさせたのは諒輔であった。

5

「あそこへ行って、村松刑事を呼んできてくれ」

宮之原は目と鼻の先の細江警察署へ顔を向けた。

諒輔が車から飛びだして行った。

村松は何事が起きたのかと、息を切らして駈けつけてきた。

「天白磐座で牧山未来を絞殺したのはこの男です。共犯は畑中瞳。この堀尾秀輝と畑中瞳は、土屋を抱き込んで未来を殺害しようとし、土屋の口から自分たちの犯行がバレるのを恐れて、龍山村の断崖からワゴンを転落させたのです」

宮之原が説明し、

「こ、こ、この堀尾と畑中瞳がでありますか」

村松は目を白黒させた。

「刑事さん、オレをずいぶん疑ってくれたけど、そんな高級で手の込んだ事件じゃなくてさ。単純明快で幼稚な事件だったんですよ」

諒輔はいい、宮之原がその諒輔を睨みつけた。

「ま、それぐらい、いわせてくださいよ。三日間も浜松に足止めされて、いい加減、しめあげられたんだから……」

諒輔はぼやき、

「この男と畑中瞳は共犯関係でありますか」

村松は堀尾の襟首をつかんで車から引きずり降ろすと、警察署へ引き立てて行った。

それからが大変であった。

細江警察署に置かれた捜査本部はハチの巣をついた大騒ぎになり、数人の刑事が畑中瞳の逮捕に向かった。

瞳はまえに参考人で調べられたが、証拠不十分で釈放されていたのだ。

それにしても……。

事件の翌日、牧山萌子の家のまえで、堀尾はどうして静香に声をかけてきたのか。

声をかけてきただけではない。

未来のじつの父親が畑中瞳の父だといった。

共犯の瞳に疑いがかかるようなことを、どうして口にしたのだろうか。

堀尾は恐ろしかったのだと思う。

それに、未来の出生の秘密は町のひとは誰でも知っている公然の秘密なのだ。

そのことが事件を生んだのではない。

捜査がそれにこだわると、空回りするばかりなのを計算していたのではないか。

静香はそう考え、いや、堀尾はそんな計算などできないほど混乱していたのではないかと思いなおした。

のこる疑問は、土屋がどうして遅れてきたのかという点であった。

土屋は畑中瞳に頼まれたぐらいで、殺人を犯す気持ちにはなれなかったのではないか。

だから一時間遅れて天白磐座へ行った。

遺跡の岩のあいだに未来が横たわっていた。

土屋は大変なことになったと思って、天白磐座から駈け降りてきた。

おどろいたという点では、瞳は土屋以上だったかもしれない。

土屋が殺してくれるはずだったのに、未来がすでに殺されてしまっている。

未来と一緒にいるはずの堀尾がいない。

事前の打合せでは、瞳は堀尾の車で逃げる予定だったのではないか。

その車も堀尾もいないのだ。

混乱した瞳は土屋とは反対に、井の国橋のほうへ逃げた。

結果的には土屋が機転をきかして、井の国橋のほうへワゴン車をまわし、瞳をひろって逃げたようだが、渭伊神社のほうへ逃げなかったことが、事件を分かりにくくさせた。土屋と瞳のカップルが天白磐座に登って行き、土屋だけが駆け降りてきたのだから、磐座へ登って行った女性は、当然、未来と考えられたのだ。

それはともあれ、堀尾と瞳にとって、土屋に依頼したことが重大な負担になった。

瞳は堀尾に、

「殺したのはあんたよ。わたしはしらない」

と、いったに違いないし、堀尾は、

「ぼくは土屋と面識がない。たのんだのはおまえだ」

と、瞳の責任にした。

結局、ふたりで力を合わせて土屋を亡きものにしないかぎり、ただではすまないことで意見は一致した。

瞳が土屋をさそいだし、堀尾が瞳を迎えに行く。役割分担は自然に決まった。

土屋を知っているのは瞳であり、女性の瞳なら土屋が気を許すと考えたのだろう。それに、瞳は暴走族の経験があった。

宮之原が話したように、瞳が運転し、ワゴン車を断崖からダイビングさせ、寸前、運転席から飛び降りるといった機敏な身のこなしができたのではないだろうか。

「でも、警部さん……」

静香は宮之原にたずねた。

「…………？」

「龍山村で転落した土屋の車から、畑中瞳のカメオが発見されましたよね。その知らせを聞かれて、堀尾の犯行だと気づかれましたけど、あれ、どうしてなんです？」

静香は宮之原をみつめた。

「わたしは堀尾がひとりでこれだけの犯罪を犯せるとは思わなかった。畑中瞳にしてもおなじことです。だが、カメオが発見されて土屋のワゴン車を転落させたのが瞳だと分かった。すると、当然、畑中瞳は龍山村からどうやって細江へ帰ったのか、それが問題になってくるじゃないですか」

「ええ……」

龍山村は細江から四十キロあまり離れている。

誰かが車で迎えにくる手筈《てはず》がついてなかったとしたら、瞳は土屋のワゴン車を断崖から落とすことはできなかった。

「では、誰が迎えに行ったのか。常識的に考えると母親の久枝が浮かぶでしょうが、四十をすぎた久枝が一枚噛んでいたとしたら、牧山未来が天白磐座で殺されていたと知った時点で、これ幸いと手を引いたのじゃないですか」

宮之原は穏《おだ》やかな口調でいった。

静香はうなずいた。

未来を殺そうという〃謀議〃があったことは事実だが、瞳が天白磐座に行ったときは、すでに未来が殺されていた。

そうなったのは、土屋が約束の時刻に一時間おくれて行ったからだが、そんないい加減な相手に殺人を依頼すること自体、おとなのすることではなかった。

まして、実行犯でもない土屋を殺害することで、天白磐座の事件との関わりを隠そうと考えるより、〃謀議〃がなかったことにできないか。

それを先に考えるはずであり、そのほうがはるかに現実的であった。

〃謀議〃がなかったとなれば、一切の行為は堀尾の責任になる。

罪は堀尾ひとりがひっ被《かぶ》り、瞳と土屋は、警察に通報しなかったことを咎《とが》められるだけですんだ。

土屋の車のなかに落ちていたカメオ。

そう聞いただけで、宮之原は畑中瞳の共犯が誰なのかをみ抜いた。

いっぱしの計画殺人事件のように思えるが、事件の底をながれている幼さに気づいたのだ。

牧山未来の才能を評価している諒輔や遠山社長にはできないが、未来の才能に気づかない連中の仕業《しわざ》だといった宮之原の言葉が、いまはじめて静香の胸にじんわりとひろがっていった。

6

宮之原は村松たち捜査本部の刑事に、事件の要点を説明してあとを任《まか》せると、車を都田川の堤防に乗り入れた。

左手に赤く塗ったアーチが特徴の澪つくし橋がかかり、その向こうに浜名湖が霞《かす》んでいた。

澪つくし橋のあたりが、都田川のむかしの河口だったのではないだろうか。

いまはずっと先まで埋め立てられ、整然と区画整理された田んぼがひろがっている。

その田んぼの彼方《かなた》へ夕日が沈もうとしていた。

「明日、ここで姫様道中があるんです」

静香はいった。

未来の祖父の白柳庄一郎が、未来を姫様道中のヒロインに推薦した。そのため、内定していた畑中瞳がヒロインの座から降ろされた。

それも今度の事件の原因のひとつであった。

ヒロインは未来から瞳、そして次のお姫さまと、三転して明日の姫様道中を迎える。

明日は晴れるらしい。

西の空がうっすらと茜《あかね》色に染まっている。

ただ、都田川の土手の桜はすっかり散りつくし、葉桜に変わっていた。

今年の姫様道中は葉桜のほうが似つかわしいかもしれない。お姫さまのひとりが亡くなり、ひとりはその下手人で逮捕された。

桜もそれを悼《いた》んでくれたのかもしれない。

「きみが第一発見者でなかったら、単純な殺人事件で終わってたのだがね」

宮之原が諒輔にいった。

そのとおりかもしれない。

いくつもの偶然が重なり、警察は深読みを余儀なくされた。

だが、静香にとってはそれがよかった。

静香は都田川河口にあった澪つくしを詠んだ歌を思いうかべていた。

万葉集の歌をアレンジしたものだ。

平安時代の千載集《せんざいしゅう》という歌集にのっていて、気賀の関所の横に黒御影石《くろみかげいし》でつくった歌碑が立っている。

逢ふことは引佐細江の澪つくし
　深きしるしもなき世なりけり

諒輔と知り合い、宮之原と知り合った。

いまもむかしも人生なんて、深きしるしもないのではないか。

ひとと出会い、ひとと協力して、瞬間瞬間をひたむきに生きる。澪つくしを頼りに航行する船のように。

逢ふことは引佐細江の澪つくし

静香は胸のなかでつぶやき、引佐細江へ目をやった。

遠く霞む引佐細江を春の夕闇が優しくつつんでいるように感じている。

〔この作品はフィクションで、作中に登場する個人名、団体名など、すべて架空のものであることを付記します〕

初刊本あとがき

遠州《えんしゅう》姫街道殺人事件――。

このタイトルは五、六年まえから浮かんでいた。いつか書こうと思っていたのだが、ぼくの住んでる町に近いこともあって、取材をしないで書くわけにもいかず、ついつい先送りしてきた。

その話を『木谷《こたに》工房』の例会でしたところ、工房のひとり、山本咲耶香《やまもとさやか》さんが、

「わたしが取材をします」

と、しっかり取材。そのうえ、天白磐座《てんぱくいわくら》遺跡というのをみつけてきた。

テンパクイワクラ。耳で聞いたとき、なんだろうと思った。その語感にひかれて、重い腰をあげて、引佐《いなさ》町の天白磐座をみにいったのだが、実際に足をはこぶと〝事実は小説より奇なり〟。荘厳というか幽邃《ゆうすい》というか、杉の巨木が生い茂る神社の境内に、いかにも由緒ありげな神さびた社殿があり、そのうしろが磐座であった。古代のひとたちが、神さまが空から降りてくると信じた場所だ。

ところが、その荘厳な磐座の立つ神の山のうしろ半分が、宅地造成されて文化住宅の団

地になっていた。

遺跡は保存すべきだと、声高《こわだか》に叫ぶつもりはないが、この団地を造成したひとは、神を恐れなかったのだろうか。

もっとも、引佐町というのは、町のどこもかしこも遺跡だといってよいほど、太古のむかしから拓《ひら》けたところらしい。

だからだろうか。万葉集《まんようしゅう》の時代の東海道は引佐のちかく、浜名湖《はまなこ》の北側をとおっていたという説があり、それが江戸時代、姫街道となった。


今回の担当は山本咲耶香さんで、深夜、機械的な音を鳴らしてインターネットのチャットをする女性の実感は、ぼくには書けない世界だ。

そのインターネット。コンピューターの苦手《にがて》なぼくに代わって、宮之原《みやのはら》警部への応援をよせてくださっているホームページを紹介します。

他にもあるようですが、ぼくがしっているのは次のふたつです。

http://www.mizuho-survey.co.jp/miyanohara1.html
http://www.kotani-mystery.net

どうぞ、覗いてみてください。
ぼくのファンの集まりだが、結構、辛口《からくち》の書き込みもあり、インターネットをしてないぼくは、若い編集者にたのんで印刷してもらって、参考にしている。

二〇〇二年十一月十二日

木谷《こたに》　恭介《きようすけ》

文庫判あとがき

『初刊本あとがき』で紹介したインターネットのホームページ、ことにkotani-mystery.netで工房作の小説とぼくのオリジナルは差がありすぎる、工房はやめてほしいという書き込みが〝殺到〟したのは、この『遠州姫街道殺人事件』が発売された直後であった。

これはぼくにとって、すごくショックであった。

工房作といっても、それは第一稿を木谷工房の山本咲耶香《やまもとさやか》さんが書いたというだけのことで、最初の第一行から、ぼくが書き直している。山本さんにはわるいが、本になった小説は第一稿が痕跡をとどめないほど別の内容になっているし、今回、文庫になるのにあたって全編を通読したのだが、ぼく自身が結構おもしろく読むことができた。

それなのになぜ轟々《ごうごう》たる非難（というほどでもありませんが）が巻き起こったのか。

その理由は冒頭の『チャット』だと思う。

ヒロインが深夜、インターネットのチャットで孤独をまぎらす。

インターネットをやってないぼくには、チャットの知識もないし、もちろん体験もない。

山本さんの第一稿を読んだとき、チャットのシーンが大変、新鮮であった。本がでたあと、関西在住の先輩作家が、『チャットなど、こんなことがおこなわれていることさえ知らなかった』という感想をくださったが、インターネットをしてないひとにとっては、そのとおりだと思う。一方、ホームページの利用者は、『これは木谷の世界ではない』と、直感で察知し、小説全体が〝工房作〟だと思い、反撥《はんぱつ》を感じたのだと思う。

このところ、国家破産本がちょっとしたブレイクぶりをみせている。流行していると聞くと、前後のみさかいもなく、すぐ飛びつくぼくは五冊ほど読んだが、二〇〇八年に日本は国家破産する、という説が有力で、説得力もあった。『天草御所浦殺人事件』のラストに書いたが、日本の国民は漠然《ばくぜん》とだが、国家的な規模の危機が迫っていることを感じている。政治の行く末、経済の先行き。危機感がひろがっているが、そのわりには無気味なほど静かなのが、いまの日本ではないか。大洪水が近づいている。国民の誰もがそれに気づいているが、立ちあがらない。

次回、祥伝社からでるノベルス『石見《いわみ》銀山街道殺人事件』は、これをテーマにすることにした。

といっても、シミュレーション小説ではない。

あくまでも普通のミステリーであり、作品のなかの時は今年（平成十七年）の五月。いま現在の日本の日常にあって不思議のない事件が起こり、あと三年後に日本という国が破産し、ひところのロシアやアルゼンチンのような大変なことになりそうだという空恐ろしい事実を書くつもりだ。

国家が破産する。

それをぼくは身をもって体験している。

一九四六年（昭和二十一年）二月十七日、日本は破産した。

銀行預金も郵便貯金も封鎖され、それまでのお札はすべて無効になり、あたらしい札しか使えなくなった。ひと月に五百円しか降ろすことができない。給料も五百円以上は封鎖預金に繰り入れられ、自分のカネを使えないでいる間に、インフレがどんどん進行し、昭和二十一年三月に、米十キロが二十円だったのが、一年後の二十二年七月には百円、おなじく二十二年十一月には百五十円、二十五年には四百五十円と、あがっていった（朝日文庫『値段の風俗史』）。

もっとも、当時十八歳、貯金なんかなかったぼくには、貯金封鎖も猛烈なインフレも、国家が破産したことも、まったく関係なかった。

国家破産の直撃をくらって、塗炭《とたん》の苦しみをしたのは、ぼくの祖父たちの世代であった。

老後に備えて、営々と蓄えてきた預貯金が紙クズになったのだ。

父方の祖父も母方の祖父も、『こんなはずではなかったのに……』と、嘆《なげ》きながら亡くなって行った。

ぼくはいま、その祖父たちより年上になった。

そして、二度めの国家破産を迎えようとしている。

現役で小説を書いていれば、国家破産もインフレも恐れることなどない。ぼく個人としては『来るのなら、はやく来てくれ』の心境だが、政府の統計では、日本の国民は千四百兆円の金融資産をもっているそうで、小金《こがね》を持ったひとは、外国に貯金を移すとか、大橋《おおはし》巨泉《きょせん》のように海外へ移住するなど、対策におおわらわだという。

船が沈むとき、ネズミはいちはやく察知して、逃げだすそうだが、日本でもネズミが逃げはじめているらしい。

また、資産の海外逃避を手助けすると称する会社や個人が暗躍している。

これ、ほんとうですよ。国家破産を予言する本がたくさんでているから、書店で手に取ってごらんなさい。さんざ脅《おど》かしたうえで、巻末にはその手のファンドや講演会の案内がちゃっかりでている。

『石見銀山街道殺人事件』は、そういう日本の現実を紹介しながら、ハラハラドキドキ、宮之原《みやのはら》と一緒に事件を解明して行く小説にする予定です。

木谷　恭介

二〇〇五年四月

木谷恭介著作リスト（★印は宮之原警部シリーズ　＊印は絶版）

1　赤い霧の殺人行　トクマ・ノベルズ（徳間書店　昭58・8）／徳間文庫（平1・11）／桃園文庫（平12・7）
2　紅の殺人海溝　トクマ・ノベルズ（徳間書店　昭59・5）／徳間文庫（平1・2）／ハルキ文庫（平11・9）
3　みちのく殺人列車　東都書房（昭59・11）／双葉文庫（昭63・2）＊
4　小京都殺人水脈　トクマ・ノベルズ（徳間書店　昭60・11）／徳間文庫（平2・3）／ケイブンシャノベルス（平12・9）／桃園文庫（平15・8）
5　花舞台殺人事件　双葉ノベルス（双葉社　昭61・2）／双葉文庫（昭62・9）／ケイブンシャノベルス（平11・7）／桃園文庫（平16・2）
6　梵字河原殺人事件　桃園文庫（昭61・3）＊
7★華道家元殺人事件　トクマ・ノベルズ（徳間書店　昭61・8）／徳間文庫（平2・9）京都鷹峰殺人事件と改題／ケイブンシャ文庫（平10・1）／桃園文庫（平15・3）京都華道家元殺人事件と改題
8　黄金殺界　ノン・ノベル（祥伝社　昭61・9）＊
9　京都嵐山殺人事件　光風社ノベルス（光風社出版　昭61・12）／双葉文庫（平2・4）／桃園文庫（平12・1）
10　ヤッちゃん弁護士　トクマ・ノベルズ（徳間書店　昭61・12）／徳間文庫（平4・3）
11　南紀勝浦高速フェリーの死角　サンケイノベルス（サンケイ出版　昭62・2）／廣済堂文庫（平2・5）十津川

峡谷殺人事件と改題／桃園文庫（平13・10）
12　**特急《ひだ3号》30秒の死角**　双葉ノベルス（双葉社　昭62・4）／双葉文庫（昭63・11）／桃園文庫（平11・10）／コスミック文庫（平15・11）
13　**おしゃれ捜査官**　桃園ノベルス（桃園書房　昭62・5）／桃園文庫（平2・7）**おしゃれ探偵**と改題
14★**大和いにしえ紀行殺人模様**　トクマ・ノベルズ（徳間書店　昭62・7）／徳間文庫（平3・5）**大和いにしえ殺人紀行**と改題／ケイブンシャ文庫（平10・11）**大和いにしえ殺人事件**と改題／桃園書房（平15・9）
15　**神戸・札幌殺人競争**　光風社ノベルス（光風社出版　昭62・8）＊
16　**ヤッちゃん弁護士　パートII**　トクマ・ノベルズ（徳間書店　昭62・11）／徳間文庫（平4・9）
17　**軽井沢・京都殺人行**　双葉ノベルス（双葉社　昭62・12）／双葉文庫（平1・9）／ケイブンシャノベルス（平11・9）／桃園文庫（平16・7）**軽井沢・京都殺人事件**と改題
18　**長崎オランダ坂殺人事件**　光風社ノベルス（光風社出版　昭63・2）／廣済堂文庫（平4・2）／ハルキ文庫（平11・10）
19　**瀬戸大橋殺人海峡**　双葉ノベルス（双葉社　昭63・5）／双葉文庫（平2・9）／ケイブンシャノベルス（平12・1）／桃園文庫（平16・12）
20　**摩周湖殺人事件**　桃園ノベルス（桃園書房　昭63・6）／桃園文庫（平5・10）／祥伝社文庫（平成16・7）
21★**京都いにしえ殺人歌**　廣済堂ブルーブックス（廣済堂出版　昭63・9）／廣済堂文庫（平3・1）／桃園文庫（平

9・5）／コスミック文庫（平16・5）
22 ヤッちゃん弁護士 パートⅢ トクマ・ノベルズ（徳間書店 昭63・12）／徳間文庫（平5・4）
23★加賀金沢殺人事件 双葉ノベルス（双葉社 平1・2）／双葉文庫（平3・3）／ケイブンシャ文庫（平11・3）
24★殺意の海『平戸＝南紀』 光風社ノベルス（光風社出版 平1・3）／徳間文庫（平5・11）九州平戸殺人事件と改題／ハルキ文庫（平13・4）
25 草津高原殺人事件 廣済堂ブルーブックス（廣済堂出版 平1・6）／桃園文庫（平8・1）／廣済堂文庫（平13・4）
26★横浜殺人ロード 双葉ノベルス（双葉社 平1・6）／双葉文庫（平3・9）／ハルキ文庫（平13・4）横浜中華街殺人事件と改題
27★札幌時計台殺人事件 立風ノベルス（立風書房 平1・7）／徳間文庫（平6・2）／青樹社文庫（平13・3）／ワンツーノベルス（平16・9）
28★信濃いにしえ殺人画集 大陸ノベルス（大陸書房 平1・9）／大陸文庫（平4・6）／光風社文庫（平7・11）信濃いにしえ殺人事件と改題／ケイブンシャノベルス（平13・3）
29★野麦峠殺人事件 光風社ノベルス（光風社出版 平1・11）／徳間文庫（平6・12）／ハルキ文庫（平13・4）
30 函館殺人事件 桃園ノベルス（桃園書房 平1・12）／桃園文庫（平7・3）／祥伝社文庫（平17・2）
31★出雲いにしえ殺人事件 廣済堂ブルーブックス（廣済堂出版 平2・1）／廣済堂文庫（平8・2）／双葉文庫

（平16・2）
32★京都渡月橋殺人事件　双葉ノベルス（双葉社　平2・1）／双葉文庫（平4・7）／桃園文庫（平9・10）／コスミック文庫（平15・8）
33★奈良いにしえ殺人絵巻　大陸ノベルス（大陸書房　平2・3）＊
34★萩・西長門殺人事件　双葉ノベルス（双葉社　平2・4）／双葉文庫（平4・9）／桃園文庫（平10・2）／ワンツーノベルス（平15・11）
35★小樽運河殺人事件　立風ノベルス（立風書房　平2・7）／光風社文庫（平7・2）／ハルキ文庫（平12・7）／ワンツーノベルス（平17・1）
36★仏ヶ浦殺人事件　光風社ノベルス（光風社出版　平2・9）／廣済堂文庫（平6・6）／ハルキ文庫（平13・4）
37★飛騨いにしえ殺人事件　廣済堂ブルーブックス（廣済堂出版　平2・11）／廣済堂文庫（平7・1）／桃園文庫（平11・5）
38★京都高瀬川殺人事件　双葉ノベルス（双葉社　平2・11）／双葉文庫（平5・3）／ケイブンシャ文庫（平12・4）
39★倉敷美術館殺人事件　立風ノベルス（立風書房　平3・3）／徳間文庫（平7・4）／双葉文庫（平13・2）
40★津軽いにしえ殺人事件　大陸ノベルス（大陸書房　平3・4）／光風社文庫（平7・6）津軽りんご園殺人事件と改題／廣済堂文庫（平14・2）

41★「吉凶の印」殺人事件　光風社ノベルス（光風社出版　平3・7）／光風社文庫（平6・9）「水晶の印」殺人事件と改題／ハルキ文庫（平13・4）
42★尾道殺人事件　双葉ノベルス（双葉社　平3・7）／双葉文庫（平5・12）／桃園文庫（平10・8）／ワンツーノベルス（平15・7）
43★釧路ぬさまい橋殺人事件　立風ノベルス（立風書房　平3・9）／ケイブンシャ文庫（平8・10）
44★加賀いにしえ殺人事件　廣済堂ブルーブックス（廣済堂出版　平3・11）／廣済堂文庫（平7・7）／桃園文庫（平11・11）／ワンツーノベルス（平16・4）
45★京都四条通り殺人事件　双葉ノベルス（双葉社　平3・12）／双葉文庫（平6・6）／廣済堂文庫（平14・10）
46★名古屋殺人事件　光風社ノベルス（光風社出版　平4・3）／光風社文庫（平8・3）／廣済堂文庫（平14・6）名古屋大通り公園殺人事件と改題
47★四国松山殺人事件　立風ノベルス（立風書房　平4・4）／徳間文庫（平7・9）／双葉文庫（平14・4）
48★神戸異人坂殺人事件　双葉ノベルス（双葉社　平4・6）／双葉文庫（平6・9）／ケイブンシャ文庫（平12・12）
49　札幌薄野殺人事件　廣済堂ブルーブックス（廣済堂出版　平4・9）／廣済堂文庫（平13・1）
50★京都柚子の里殺人事件　双葉ノベルス（双葉社　平4・9）／双葉文庫（平6・11）／廣済堂文庫（平15・3）
51★「阿蘇の恋」殺人事件　光風社ノベルス（光風社出版　平4・9）

52★渋谷公園通り殺人事件　立風ノベルス（立風書房　平4・10）／ケイブンシャ文庫（平9・5）伊予松山殺人事件と改題

53★「冬の蝶」殺人事件　光風社ノベルス（光風社出版　平5・4）／光風社文庫（平8・12）／廣済堂文庫（平16・3）

54★死者からの童唄　トクマ・ノベルズ（徳間書店　平5・4）／徳間文庫（平8・2）／廣済堂文庫（平15・11）

55★宮之原警部の愛と追跡　双葉ノベルス（双葉社　平5・4）／双葉文庫（平7・4）／ハルキ文庫（平12・2）

56★薩摩いにしえ殺人事件　廣済堂ブルーブックス（廣済堂出版　平5・7）／廣済堂文庫（平8・6）／青樹社文庫（平13・7）

57　博多大花火殺人事件　立風ノベルス（立風書房　平5・7）／ケイブンシャ文庫（平10・7）

58★最上峡殺人事件　光風社ノベルス（光風社出版　平5・11）／光風社文庫（平8・8）竜神の森殺人事件と改題／双葉文庫（平13・10）

59★京都氷室街道殺人事件　双葉ノベルス（双葉社　平5・11）／双葉文庫（平8・2）／ケイブンシャ文庫（平13・10）

60★京都除夜の鐘殺人事件　コスモノベルス（コスミック・インターナショナル　平6・1）／廣済堂文庫（平9・1）／双葉文庫（平14・12）

61　集魚灯の海　四六判（ライブ出版　平6・2）

62★大井川ＳＬ鉄道殺人事件　トクマオーノベルズ（徳間オリオン　平6・2）／徳間文庫（平9・8）／双葉文庫（平16・11）
63★美濃淡墨桜殺人事件　トクマ・ノベルズ（徳間書店　平6・4）／徳間文庫（平10・4）
64★美幌峠殺人事件　双葉ノベルス（双葉社　平6・6）／双葉文庫（平8・12）
65★能登いにしえ殺人事件　廣済堂ブルーブックス（廣済堂出版　平6・8）／廣済堂文庫（平9・12）／双葉文庫・（平15・6）
66「家康二人説」殺人事件　日文ノベルス（日本文芸社　平6・9）／日文文庫（平9・6）
67★室戸無差別殺人岬　光風社ノベルス（光風社出版　平6・11）／光風社文庫（平9・7）室戸岬殺人事件と改題／桃園文庫（平14・7）
68★京都桂川殺人事件　双葉ノベルス（双葉社　平6・11）／双葉文庫（平9・4）／徳間文庫（平14・4）
69★富良野ラベンダーの丘殺人事件　廣済堂ブルーブックス（廣済堂出版　平7・4）／廣済堂文庫（平9・6）／徳間文庫（平16・7）
70★西行伝説殺人事件　立風ノベルス（立風書房　平7・4）／ハルキ文庫（平11・12）
71★謀殺列島・赤の殺人事件　トクマ・ノベルズ（徳間書店　平7・3）／徳間文庫（平11・11）
72★謀殺列島・青の殺人事件　トクマ・ノベルズ（徳間書店　平7・4）／徳間文庫（平11・12）
73★謀殺列島・緑の殺人事件　トクマ・ノベルズ（徳間書店　平7・5）／徳間文庫（平12・1）

74★謀殺列島・紫の殺人事件　トクマ・ノベルズ（徳間書店　平7・6）／徳間文庫（平12・2）
75★謀殺列島・黄金の殺人事件　トクマ・ノベルズ（徳間書店　平7・7）／徳間文庫（平12・3）
76★長崎キリシタン街道殺人事件　双葉ノベルス（双葉社　平7・9）／双葉文庫（平9・10）／徳間文庫（平16・1）
77★知床岬殺人事件　光風社ノベルス（光風社出版　平7・10）／光風社文庫（平10・4）／桃園文庫（平14・10）
78★京都紅葉伝説殺人事件　廣済堂ブルーブックス（廣済堂出版　平7・11）／廣済堂文庫（平10・10）
79★出雲松江殺人事件　光風社ノベルス（光風社出版　平8・1）／光風社文庫（平11・4）／ジョイノベルス（有楽出版社　平16・12）
80★土佐わらべ唄殺人事件　トクマ・ノベルズ（徳間書店　平8・1）／徳間文庫（平10・9）／廣済堂文庫（平16・8）
81★みちのく滝桜殺人事件　廣済堂ブルーブックス（廣済堂出版　平8・3）／廣済堂文庫（平10・6）／徳間文庫（平17・2）
82★信濃塩田平殺人事件　双葉ノベルス（双葉社　平8・7）／双葉文庫（平10・9）
83★日南海岸殺人事件　光風社ノベルス（光風社出版　平8・9）／光風社文庫（平12・3）
84★阿寒湖わらべ唄殺人事件　トクマ・ノベルズ（徳間書店　平8・9）／徳間文庫（平11・5）／廣済堂文庫（平17・6）

85★越後親不知殺人事件　ケイブンシャノベルス（勁文社　平8・12）／ケイブンシャ文庫（平11・7）／徳間文庫（平15・1）
86★鎌倉釈迦堂殺人事件　廣済堂ブルーブックス（廣済堂出版　平8・12）／廣済堂文庫（平11・8）
87★「お宝鑑定」殺人事件　双葉ノベルス（双葉社　平9・1）／双葉文庫（平12・5）
88★四国宇和島殺人事件　廣済堂ブルーブックス（廣済堂出版　平9・3）／廣済堂文庫（平11・12）
89★五木の子守唄殺人事件　トクマ・ノベルズ（徳間書店　平9・4）／徳間文庫（平12・7）
90★信濃塩の道殺人事件　ケイブンシャノベルス（勁文社　平9・7）／ケイブンシャ文庫（平11・11）／徳間文庫（平15・8）
91★京都百物語殺人事件　双葉ノベルス（双葉社　平9・7）／双葉文庫（平12・8）
92★吉野十津川殺人事件　トクマ・ノベルズ（徳間書店　平9・9）／徳間文庫（平13・2）
93★函館恋唄殺人事件　廣済堂ブルーブックス（廣済堂出版　平9・10）／廣済堂文庫（平12・7）
94★蓮如伝説殺人事件　ケイブンシャノベルス（勁文社　平9・12）／ケイブンシャ文庫（平12・9）／ハルキ文庫（平15・10）
95★京都「細雪」殺人事件　トクマ・ノベルズ（徳間書店　平9・12）／徳間文庫（平12・11）
96★九州太宰府殺人事件　双葉ノベルス（双葉社　平10・1）／ハルキ文庫（平13・4）
97★若狭恋唄殺人事件　廣済堂ブルーブックス（廣済堂出版　平10・4）／ハルキ文庫（平13・4）／廣済堂文庫（平

17・2）
98★みちのく紅花染殺人事件　ケイブンシャノベルス（勁文社　平10・4）／ケイブンシャ文庫（平13・5）／ハルキ文庫（平17・3）
99★木曽恋唄殺人事件　トクマ・ノベルズ（徳間書店　平10・6）／徳間文庫（平13・7）
100★淡路いにしえ殺人事件　光風社ノベルス（光風社出版　平10・9）／光風社文庫（平13・10）
101★襟裳岬殺人事件　ケイブンシャノベルス（勁文社　平10・9）／ケイブンシャ文庫（平14・2）／徳間文庫（平17・4）
102★「邪馬台国の謎」殺人事件　廣済堂ブルーブックス（廣済堂出版　平10・11）／廣済堂文庫（平12・10）
103★京都木津川殺人事件　トクマ・ノベルズ（徳間書店　平10・11）／徳間文庫（平13・11）
104★飛驒高山殺人事件　双葉ノベルス（双葉社　平11・1）
105★新幹線《のぞみ47号》消失！　トクマ・ノベルズ（徳間書店　平11・3）／徳間文庫（平14・8）
106★豊後水道殺人事件　ケイブンシャノベルス（勁文社　平11・5）／ハルキ文庫（平14・12）
107★安芸いにしえ殺人事件　廣済堂ブルーブックス（廣済堂出版　平11・7）／廣済堂文庫（平13・8）
108★丹後浦島伝説殺人事件　ハルキ・ノベルス（角川春樹事務所　平11・8）／ハルキ文庫（平13・4）／徳間文庫（平16・4）
109★京都呪い寺殺人事件　トクマ・ノベルズ（徳間書店　平11・9）／徳間文庫（平15・4）

110 ★札幌源氏香殺人事件　ハルキ・ノベルス（角川春樹事務所　平11・12）／ハルキ文庫（平14・5）
111 ★菜の花幻想殺人事件　ハルキ・ノベルス（角川春樹事務所　平12・4）／ハルキ文庫（平14・5）
112 ★百万塔伝説殺人事件　ケイブンシャノベルス（勁文社　平12・6）／廣済堂文庫（平15・8）
113 ★京都石塀小路殺人事件　トクマ・ノベルズ（徳間書店　平12・6）／徳間文庫（平15・11）
114 ★東北三大祭り殺人事件　ハルキ・ノベルス（角川春樹事務所　平12・8）／ハルキ文庫（平16・1）
115 ★鉄道唱歌殺人事件　ジョイ・ノベルス（実業之日本社　平12・9）／双葉文庫（平15・10）
116 ★加賀百万石伝説殺人事件　ハルキ・ノベルス（角川春樹事務所　平12・12）／ハルキ文庫（平16・5）
117 ★世界一周クルーズ殺人事件　四六判（角川春樹事務所　平13・10）
118 ★京都小町塚殺人事件　トクマ・ノベルズ（徳間書店　平14・9）／徳間文庫（平16・11）
119 ★奥三河香嵐溪殺人事件　ジョイ・ノベルス（実業之日本社　平14・11）
120 ★遠州姫街道殺人事件　ノン・ノベル（祥伝社　平14・12）
121 ★横浜馬車道殺人事件　双葉ノベルス（双葉社　平15・5）
122 ★京都吉田山殺人事件　トクマ・ノベルズ（徳間書店　平15・7）
123 ★舘山寺心中殺人事件　トクマ・ノベルズ（徳間書店　平16・3）
124 ★天草御所浦殺人事件　ハルキ・ノベルス（角川春樹事務所　平16・10）
125 ★三河高原鳳来峡殺人事件　廣済堂ブルーブックス（廣済堂出版　平16・12）

このリストは平成17年6月現在のもので、ミステリーのみを収録したものです。
＊印以外は順次再刊の予定。

注・この作品は、平成十四年十二月祥伝社より新書判として刊行されたものです。——編集部

一〇〇字書評

切り取り線

購買動機（新聞、雑誌名を記入するか、あるいは○をつけてください）	
□（　　　　　　　　　　）の広告を見て	
□（　　　　　　　　　　）の書評を見て	
□ 知人のすすめで	□ タイトルに惹かれて
□ カバーがよかったから	□ 内容が面白そうだから
□ 好きな作家だから	□ 好きな分野の本だから

●最近、最も感銘を受けた作品名をお書きください

●あなたのお好きな作家名をお書きください

●その他、ご要望がありましたらお書きください

住所	〒				
氏名		職業		年齢	
Eメール	※携帯には配信できません	新刊情報等のメール配信を希望する・しない			

あなたにお願い

この本の感想を、編集部までお寄せいただけたらありがたく存じます。今後の企画の参考にさせていただきます。Eメールでも結構です。

いただいた「一〇〇字書評」は、新聞・雑誌等に紹介させていただくことがあります。その場合はお礼として特製図書カードを差し上げます。

前ページの原稿用紙に書評をお書きの上、切り取り、左記までお送り下さい。宛先の住所は不要です。

なお、ご記入いただいたお名前、ご住所等は、書評紹介の事前了解、謝礼のお届けのためだけに利用し、そのほかの目的のために利用することはありません。またそのデータを六カ月を超えて保管することもありませんので、ご安心ください。

〒一〇一―八七〇一
祥伝社文庫編集長　加藤　淳
☎〇三（三二六五）二〇八〇
bunko@shodensha.co.jp

祥伝社文庫

上質のエンターテインメントを！　珠玉のエスプリを！

祥伝社文庫は創刊15周年を迎える2000年を機に、ここに新たな宣言をいたします。いつの世にも変わらない価値観、つまり「豊かな心」「深い知恵」「大きな楽しみ」に満ちた作品を厳選し、次代を拓く書下ろし作品を大胆に起用し、読者の皆様の心に響く文庫を目指します。どうぞご意見、ご希望を編集部までお寄せくださるよう、お願いいたします。

2000年1月1日　　祥伝社文庫編集部

遠州《えんしゅう》姫街道殺人事件《ひめかいどうさつじんじけん》　長編旅情ミステリー

平成17年6月20日　初版第1刷発行

著者　木《こ》谷《たに》恭《きよう》介《すけ》

発行者　深澤健一

発行所　祥《しよう》伝《でん》社《しゃ》

東京都千代田区神田神保町3-6-5
九段尚学ビル　〒101-8701
☎03(3265)2081(販売部)
☎03(3265)2080(編集部)
☎03(3265)3622(業務部)

印刷所　堀内印刷

製本所　明泉堂

造本には十分注意しておりますが、万一、落丁、乱丁などの不良品がありましたら、「業務部」あてにお送り下さい。送料小社負担にてお取り替えいたします。

ISBN4-396-33227-0 C0193

祥伝社のホームページ・http://www.shodensha.co.jp/

祥伝社文庫

梓林太郎
納沙布《ノサップ》岬殺人事件
東京→釧路のフェリーで発見された死体。船内を取材中の茶屋は容疑者に。やがて明らかになる血の因縁。

梓林太郎
紀伊半島潮岬《しおのみさき》殺人事件
大阪の露店で購入した美しい女性の肖像画。それは、亡き父の遺品にあった謎の写真と同じ人物だった！

内田康夫
終幕《フィナーレ》のない殺人
十二人の芸能人が招かれた箱根の別荘のパーティで起こる連続殺人事件。犯行の動機は？　殺人トリックは？

内田康夫
志摩《しま》半島殺人事件
英虞《あご》湾に浮かんだ男の他殺死体…被害者は〝悪〟が売り物の人気作家。黒い交遊関係の背後で何があったか？

内田康夫
金沢殺人事件
正月の古都・金沢で惨劇が発生した。北陸に飛んだ名探偵浅見光彦は「紬《つむぎ》の里」で事件解明の鍵を摑《つか》んだが…。

内田康夫
喪《うしな》われた道
虚無僧《こむそう》姿で殺された男。尺八《しゃくはち》名人の男が唯一、吹奏を拒絶していた修善寺縁《ゆかり》の名曲「滝落《たきおち》」が握る事件の謎。